中南财经政法大学
中文系学生作品选
［2019级］

谭飞　王育松　主编

湖雪

光明日报出版社

图书在版编目(CIP)数据

南湖雪：中南财经政法大学中文系学生作品选：2019级/谭飞，王育松主编. -- 北京：光明日报出版社，2024.5
ISBN 978-7-5194-7883-4

Ⅰ.①南… Ⅱ.①谭…②王… Ⅲ.①中国文学－当代文学－作品综合集 Ⅳ.①I217.1

中国国家版本馆CIP数据核字(2024)第066783号

南湖雪：中南财经政法大学中文系学生作品选：2019级
NAN HU XUE: ZHONGNAN CAIJING ZHENGFA DAXUE ZHONGWEN XI XUESHENG ZUOPIN XUAN: 2019 JI

主　　编：谭　飞　王育松	
责任编辑：谢　香	责任校对：孙　展
封面设计：索　美	责任印制：曹　净

出版发行：光明日报出版社
地　　址：北京市西城区永安路106号，100050
电　　话：010-63169890（咨询），010-63131930（邮购）
传　　真：010-63131930
网　　址：http://book.gmw.cn
E - mail：gmrbcbs@gmw.cn
法律顾问：北京市兰台律师事务所龚柳方律师

印　　刷：天津奥丰特印刷有限公司
装　　订：天津奥丰特印刷有限公司
本书如有破损、缺页、装订错误，请与本社联系调换，电话：010-63131930

开　　本：145mm×210mm	印　张：6.25

字　　数：160千字
版　　次：2024年5月第1版
印　　次：2024年5月第1次印刷
书　　号：ISBN 978-7-5194-7883-4
定　　价：55.00元

版权所有　翻印必究

序

胡德才

中南财经政法大学新闻与文化传播学院中文系建系已满十五周年。十五年前,首届四十多名学子从全国各地汇聚武昌南湖之滨的美丽校园,成为这所以经法管学科著称的人文社科类大学的第一批中文学子。从此,晓南湖畔、文波楼里、希贤岭上,开始有一群群怀揣着文学梦想、吟诗作文、写书编戏的红男绿女,校园因此增添异彩,生活变得更有情趣。转眼十多年过去,在已毕业的十二届学生中,有的已成为受欢迎的职业作家,有的已从名校完成硕士博士学业,有的成为了文化、艺术、教育、媒体等企事业单位的骨干。其实,文艺学科在我们学校有着悠久的历史,学校的前身是 1948 年建校的中原大学,首任校长是著名文史学家范文澜。1949 年成立的文艺学院是中原大学最早成立的学院,也是当时中原大学的四大学院之一,另外三个学院是教育学院、财经学院和政治学院。文艺学院首任院长是著名电影导演、表演艺术家崔嵬,他曾主演和导演了《青春之歌》《红旗谱》《小兵张嘎》《杨门女将》等一批新中国电影史上有广泛影响的优秀影片。后因 20 世纪 50 年代的院系调整,学校人文专业中断。但从首任校长范文澜先生出版《文心雕龙讲疏》开始其学者生涯,到当代学者古远清教授影响遍及海内外的台港文学研究,我们学校的人文学科积淀丰赡,一直薪火相传。

中国语言文学是我国人文学科中甚至是所有学科中最基础的学科,在我国长达十二年的基础教育中最重要的第一门课是"语文",即指中国语言文学。在我看来,中国的大学都应该开设中国语言文学专业,并向所有其他专业开设中国语言文学的必修课,这与市场无关,而与中华民族的生存与发展有关。但在急功近利的社会氛围中,在实用主义风气引领下,最基础的传统学科被边缘化了。中国语言文学学科不再是很多年轻人追慕的学科,更不是热门学科,进入这个学科专业的一些学子也常常身在曹营心在汉,或者心浮气躁、盲目跟风,结果专业不专、一无所能,这是令人十分忧虑的。

面对传统学科人才培养的现实困境,我们一方面深感忧虑,一方面积极探索,努力在教育教学实践中更新教学理念、完善课程设置、改革教学方法、探索管理模式。如从汉语言文学专业首届学生进校开始实施的班导师制,持续实行至今。学院给每个班配备一名本专业的教授或具有博士学位的优秀青年教师担任班导师,从新生进校开始陪伴学生四年,直至毕业离校,全面指导学生的专业学习、人生规划。导师言传身教,学生受益良多,师生之间结下了深厚的情谊,形成了专职辅导员和兼职班导师相结合而互补的学生管理新模式。2013 年,本科"卓越计划"汉语言文学专业综合改革项目获得学校批准立项后,我们在总结多年教育教学改革实践的基础上又有新的探索:修订了人才培养方案,确定了本科学生必读书目和拓展书目,强化了学生写作能力训练,引进了具有影视编剧和小说创作实践经验的作家担任创意写作类课程的专业教师,并对学生的课外阅读与写作从内容到数量作出明确规定,将其列入专业课程成绩考核的范围,学生可以以不同体裁的原创文学作品代替毕业论文。我们的目标是夯实学生的专业基础、发挥学生的专业特长,为培养具有真才实学的创造性

序

人才打下坚实的基础。

我们的"卓越计划"汉语言文学专业人才培养方案尤其是创意写作训练自 2014 级学生开始实施以来,有不少学生在创意写作上取得了可喜的成绩。他们的小说、散文、诗歌发表在重要报刊,有的获得了重要奖项,话剧和电影剧本被搬上舞台和银幕。结集出版的系列作品集已有《南湖风》《南湖雨》《南湖云》《南湖月》,显示了青年学子的创作潜力和文学才华。

当然,重要的不是学生们的写作取得了多大的成绩、达到了多高的水平,重要的是通过创意写作教学和实践激发出学生创作的潜能,埋下创意的种子,养成写作的习惯,也留下了青春的印痕,增添了生活的色彩,丰富了生命的内涵。

现在编定的三本创作集分别是中文系 2019 级、2020 级和 2021 级经历了武汉疫情时代的三届学生的作品选。眼下已是 2022 年的大雪节气,武汉虽然尚未降大雪,但寒冷依旧,尤其是新冠病毒奥密克戎毒株还在兴妖作怪,侵扰人间。但"冬天到了,春天还会远吗?"风雨过后,必现彩虹。我们定能很快走出疫情,迎来明媚的春天!

这三部作品集分别命名为:《南湖雪》《南湖虹》《南湖春》。是为序。

2022 年 12 月 18 日
(作者系中南财经政法大学新闻与文化传播学院首任院长)

目　录

故乡记忆

003　儿时 / 李　彤
007　犬语 / 李　彤
010　江渡 / 罗子祎
013　麦芒与黄土 / 徐艳阳
016　故乡 / 邹冰淇
020　光 / 马佳辉
024　槐花满地不开门 / 慎杨子涵
026　家乡的元宵 / 周　睿
030　晚上 / 肖云瀚
035　味道与记忆 / 毕　蓝
037　忆 / 李　婷

人生感悟

043　你的眼神 / 谭宇琦
045　虚荣舞者 / 马佳辉

现实关怀

051　该隐的叛逃／夏文婧
056　海底一厘米／邱子桐
063　大红灯笼高高挂／杨凯博
074　东北民谣／于弋洋
077　猫猫狗狗／肖云瀚
092　嬗变／王　婕

人物速写

103　关于七七／马宇璇
107　贾生傲气，荒唐了满腹经纶／谭宇琦

童话寓言

113　银河系的故事／邱子桐
125　摘月亮的桑尼／徐艳阳
127　像黄昏的黎明／于弋洋
132　俄耳甫斯／宋梓境
134　勇者／邹冰淇

现代诗作

157　你那美丽的月亮从梦里醒来／王靖云

诗心古韵

161　花下狐／夏文婧
164　近体诗／王靖云
165　冷／何俪媛
174　词与赞文／王庆焕
176　赠友人扬州会之番外／秦　雨
184　赠友人扬州会之乐宴／秦　雨

故 / 乡 / 记 / 忆

儿　时

李　彤

　　天气格外的好，没有一片云。阳光照在麦垛上，周围是一望无际的田野。其间有一个身穿黑色短衣的少年，手里拿着一把玩具枪，朝天一指，冲着远处喊了一声："都跟我来，这里有个好玩的地方。"接着，远处几个嬉闹的小孩便一溜烟地跟了过去。

　　这少年便是孙瑞。他剪着齐整利落的短发，眼睛虽小却有神，脸蛋圆圆的，身上却一点儿也不胖，再加上不高不矮的个头儿，总让人误以为她是个小男孩。其实人家，可是一个女娃嘞！自打我五岁起住在外婆家，便认识了这个风风火火的小姑娘，平日里和她蹦来跑去，呼风喝雨，自是我儿时最难忘的一段时光。

　　一提起她来，我脑海里只浮现出两个字：爱玩。从清早开始，她便开始到处"冒险"，如果不是肚子饿了，想起来自己还要吃饭，她能玩得一天都不着家。为此，她妈可没少管教她，但不管是嘴上说她几句，还是在她屁股上狠狠拍几巴掌，都阻止不了她想玩的心。往往刚说完她，一转眼，人就消失得无影无踪。可是这玩，也不算白玩，因为胆子大，嗓门大，稀奇古怪的点子又多，也渐渐收服了许多孩子的心。平日里，她像个大哥似的带着一帮孩子，从东头窜到西头，从湖边再跑到草垛，紧忙得很。就连走起路来也颇有点大哥的风范，好不神气。每每无聊时，去找她玩，不出一炷香的时间，她便能找上七八个孩子，村那头的，村这头的，她在家门口那么一喊，想也不用想，保准几分钟就出现在你的面前。因为她的心里呀，有着无穷无尽的稀奇想法，谁家的院子里有好吃的果子，哪里有美丽的鹅卵石，村头有家废弃的房子可以去探险，门前的地里有美味的野葡萄可以挖出来吃……这一切她都了然于胸。孩子们都喜欢和她在一起，我也不例外。

也许是天生性格使然，她的胆子也是异常地大。那时的我们常常去冒险，记得外婆家门口前有一条五米多宽的大渠，上面架有一座仅有七八厘米宽的渠桥。到了夏季涨水的时节，渠桥里灌满了黄河水，若不小心掉了里面，恐怕半个身子都要被浸湿。在平地上去看，倒不觉得这大渠有多深多广，可一旦站在渠桥往下看，腿也麻了，手脚也不听使唤了，生怕自己打一个哈欠直接掉到这大渠里去。

因此，这座渠桥也被我们称作"勇气桥"，谁要是能从这渠坝上走过去，便是最有勇气的小孩。人人都想成为这最有勇气的小孩，可是当他们踏上渠桥，便害怕地退了回来。有的一开始便放弃了，有的走到桥的中间，想退又不能退，想走又不敢走，最终一个不小心掉到了大渠里面，变成了落汤鸡。还有的走到中间就直接害怕地哭了起来，小脸也憋得通红。可瞧孙瑞呢，她却完全不像我们一般胆小。只见她在桥上迈着轻快的步伐，像是走在平地上似的，轻松地走完了整座桥。这样还不够，为了展示她高超的过桥技术，她甚至从渠桥的一边跳到另一边。再看看她的神情，丝毫没有什么害怕恐惧的影子，反而咧开嘴大声地笑着，要知道，哪怕是稍微跳过一点，都会因为重心不稳栽到下面的大渠里。可看她那气定神闲的模样，我的心里只有佩服。

人们常说，农村的孩子早当家，这是不无道理的。那时的我甚至都认不清菜的品种是什么，而孙瑞却已经能做得出一手好菜了。不光如此，劈柴、烧火、插秧、除草，她都是样样精通。

在村里，有农户会种一些枸杞，等到夏天枸杞长得旺盛，村里的妇女都会被召集起来采摘枸杞，自当是为了在闲暇之余赚点钱来补贴家用，同时也是为了帮邻里乡亲一些忙。当然也有一些九、十岁的小孩跑来凑热闹，提着个大桶，跑到地里摘枸杞。我和孙瑞也跑去了，我信心满满，心想摘枸杞还不简单。

可是从天蒙蒙亮摘到中午，我也只是摘了一小半桶，再一看孙瑞的桶里，却满满当当。"天啊，你怎么摘了这么多啊！为啥我才这么一点，真是累死我了！"我沮丧地对她抱怨着。

"别着急，我教你。"她笑着回我道。"其实呢，摘这个也是有方法技巧的。摘得仔细是一方面，手快也很重要啊。喏，你像这样，抓住一个枝条，有的枸杞连在一起，你可以用手这样一齐抓下来，这样才会节省时间和力气。"她一边上手示范一边对我说。我在旁不住点点头，得到点拨之后也逐渐得心应手起来。只记得最后我们俩装了满满两大桶，那些阿姨们还夸我俩小小的个子干起活来却也顶得上个大人了。

就这样彼此陪伴着，儿时也悄然地从指缝间溜走了。到后来，为了念书方便，我到了县城里。偶尔有空闲回到村里看看，却很少再能见到她的踪影。

前些日子从外婆那里得知，孙瑞的父亲骑摩托出了事故，双腿失去了知觉。我急忙回去看她，只见她安安静静坐在一旁，少了许多的话。许久不见，她已不再是个风风火火的假小子，留起了长发，性子也温和了许多。我想陪她说些话，安慰安慰她，可看着她闪躲的眼神和僵硬的肢体动作，我怔在原地，连最简单的嘘寒问暖都堵在喉咙，竟一句话也说不出了。

　　离开她家以后，我独自一人走在乡间的小路上，看着渐渐远去的老屋，看着逐渐模糊起来的田野，并没有感受到多余的留恋。而那记忆里清晰熟悉的背影却逐渐消逝，让我留下了许多眼泪。

犬　语

李　彤

比起温顺可爱的猫，我更钟爱老实憨厚的狗。自然也有些例外，爱叫的、爱闹人的、爱"狗仗人势"的，倒也提不上半点喜欢。

和猫相比，狗见了主人会兴冲冲地摇摇尾巴，转几个圈，再表示几分亲昵，而猫呢，只等你去亲热它，才对你多一点熟悉的感觉，才不至于那么疏远。不谈什么骨子里高贵不高贵，只觉得狗子这般对主人比猫来得亲切热烈，也就更讨人喜欢。

作为人类最忠实的朋友，不同狗在生活中也扮演着不同的角色。有的狗天生下来品种高贵，毛发色泽润亮，相貌姣好，用来供人们赏玩娱乐，自然少不了好的待遇。而有些狗却不像这般好命，普普通通的外表吸引不了人们的眼球，运气好的能找到主人，辛辛苦苦劳命干活（守家），谋个生路，运气不好的碰不到收养自己的人，就只能露宿街头，做个逍遥自在的流浪狗，虽然吃不饱，有时还会饿肚子，倒也没了枷锁的束缚，收获了自由。

外婆家里就有一只大白狗，养了大概四五年之久。说起这只狗的来头还有些离奇。听外婆说当时带着弟弟去集镇上买菜，回家路上便碰见了这只白母狗，它谁都不跟，偏偏跟着弟弟回了家。再把它送到其他地方，暗暗躲起来，想着肯定不会再找来吧，谁知道第二天它又自己找上门来。外婆哭笑不得，弟弟好像也跟这条狗有感情一样，亲昵得不行，最后想了想，正好家里也没个看门犬，索性就收养下了它。这条狗倒也识人眼色，一直老老实实看着门，有什么生人进来就开始叫唤，等主人上前去查明来客，接收到"指示"，就停声作罢，乖巧地不发出一点声音。平时来个熟人态度倒是大不相同，见人朝它走来，欢喜地伸出舌头，前面两条腿登起来成站立状，或是前爪朝前伸到极致，身子摆出一副巴结讨好的姿态，期盼着来人能赏给自己一点吃的。若没人来的时候，就两只耳朵耷拉着，两只前腿向前窝起来，小脑袋往上一搁，上望望下望望，又是一副可怜无辜的姿态。

就这样，时间一晃过去了四五年。

前些日子回乡下去看望外婆，又见到了那只大白狗。与往常不同，这次再见到它倒是没了往日的神采，身上瘦了一圈，干巴巴的没有一点肉。再往近瞧些，因为一直用铁链拴着的缘故，脖子上秃了一圈毛，就连毛色也没有以前那般白净，泥巴污渍粘在身上，没人打理，白的也变成了灰的。见到人来，它懒懒地挣了几下锁链，只听见几声叮当的响声，丝毫不见挣脱的痕迹。就好像是无法逃脱的宿命一般，任凭怎样挣扎，都改变不了事实。我蹲下来，轻轻抚着它的头，它也不怎么叫唤，只是静静趴在那里望着我，眼神呆滞，仿佛藏了许多的心事。也许它老了，也许它也只是习惯了这样的生活。我的心里有些发酸，想着帮它挣脱锁链，重新获得自由的快乐，但转念一想，获得自由又怎样，只是片刻的快乐，也许只有这样，才是它最好的归宿。我默默收回了手，看了它一眼，它也似读懂我的意思，乖乖呆回到自己的窝里去了。然而，它的眼神中总是带着那么一丝幽怨，好似在期待着什么，又好似什么也没有，空无一物。

　　我站起身来，试图摆脱这种低落的心情，走出门来散散心。看见远处有几个小孩在围观着什么，便也凑上去看看。谁知却碰上了一只受伤的狗，不久前被来往的车子压伤了腿，养它的主人也嫌麻烦，也索性不再管它。见它可怜，这些孩子在地里为它建了个简陋狗棚，还有不知从哪找来一些破旧的被子，给这只受伤的狗盖着保暖。这几日他们倒也是操心，给狗喂喂吃的喝的，如此维系着它的生命。我凑近些看，只见这条狗侧躺着，一点也不动弹，只有头在地上轻微地摆动，也不发出一点声音。那伤口早已腐烂，模糊在一起，看得人心里发疼。我俯下身来，轻抚着它的头，它呜呜地叫着，像是在哭泣，又像是在抱怨。就这样它也不曾回过头来看我一眼，只是呆呆地望着远方，眸子里的光无比暗沉。我心底感到悲哀，曾经勤勤恳恳守护的家、守护的主人就这样抛弃自己，万物皆有灵，它又何尝不会感受到痛……

　　等回到家中，远处的大白狗直挺挺地站着，就那样远远望着我。我在想，倘若我真能听得懂犬语，它，又会说些什么呢？

江 渡

罗子祎

我生在长江北岸。小的时候不认得那是长江,我叫它河,只一眼望到对岸。但长辈都说江,他们说"渡江啰",我便上了船。

关于江的记忆大多驮在渡船上。边城里有那样好的翠翠,我伏在船栏,望船底两侧滚滚的暗,再移到船外,那水又是澄净的,阳光泻下,裂成几块的碧。有长辈把我拉开,嗔怪道"危险"。我闭着半只耳,又跑到船前去。

渡船有点颠,就像上下课敲的铃,外面才拖拉拉扯着步子进来。早早地来这头等着,到了点,也未动身。我便到处逛。那有个简陋的公厕,人般高的杂草丛丛掩着。我是怎么也不愿进去的,但大人没那么拗,只是出来要恶心几句。那有个泥坑,足足塘那么大,却只能暂时养一只扒了几下土便自讨无趣的土狗。一年涨水,我再去看,已是绿茵茵的田了。我忽然有些懊悔,没追那土狗下去踩几脚新泥。

江有滩。我未去过海边,但丝毫不艳羡。我踩着江沙,脚下轻软。换作手,我扒拉几下,拾起一根木枝,在上面乱划。江沙总是细软过门前时备着的那堆,但也更脏。我学着变得淑女时,就只拾木枝了。又听说有位长辈曾单枪匹马(其实是一辆摩托)驶过林子那头的沙地,轻易到了对岸,我总联想到沙漠奇遇，很是羡慕。

更早的渡口纯然是淤成的，我每次看那船粗笨地扭动，总怕会撞上一旁的石堆。岸边有大娘在槌衣，胆大跑过去时，看见水是浑黄的，再细看，是大小泥粒没冲泡开似的。我那时很奇怪，后来跟着外婆到门前的塘里漂衣，嗅过身上的香，便很快释然了。那时车子开上船，要驶过极崎岖的泥道，大人便把我们都赶下车。比起颠得腔疼，我更乐意在道上跑。我一下跑到船板，后面的人才熙熙攘攘拥过来，我踢船板上干结的泥块。

到了船上，船还是不动。我又到船上乱跑。船边堆着一条铁链，一根多爪的巨钩。我看人抛出，似入了江湖。江是有的，那怪状物也不该是流星锤那类的。后来猜，是锚。现在也不多见了。甲板上矗着一根柱，柱上开着窗。长辈指着，说人就在里面开船，可我半天没瞧见人影。但我是不敢爬了，我想船是极难开的。柱上还开着两个门，我窜到这边一扇，有人问，小伢你要尿吗。我忙摆手，逃到另一扇。门是开的，望下去黑洞洞直吸人，浓重的汽油味也冲上脸。那时的胆小过雀，只探望过一次。有次见到一人从那洞里爬上来，却不怕了。但还是惧那直悬的梯。

船开动时，逃过大人的眼，就只趴在船栏那。我看江，有时又不是。眼里是开阔的，轻易能望到边界。想到，地球果真是圆的。江上的船寥寥，船上的人更是寥寥。我见到几只渔船孤独地泊着。远处开了几家渔家乐，用绳索固着船。那上面该是热闹的，我想一探。父亲却说，那不好，没有多少人去。辨不清是不是骗辞了。我想只有脚下这艘满载着人。这段江只管渡，人也只要渡的。

记忆里尚有江豚的一尾。约莫五岁时，一只心爱的玩偶掉进江里。船上的人用吊线的木桶捞了几下，捞了又倒。我哭得断断续续,他倒,便震天响。船上有人劝,那娃娃被江豚带走了。我问带去哪。他说,那不清楚。我便止了哭,我虽然只见过它一瞬,却莫名感到它的凄苦,自己先不好意思了。后来想到这事,只觉得像极了刻舟求剑。船上的人不似那书生愚钝,只有我被骗过去了。却怕再有人提,笑道,那江豚不见影,确实给带走了。

  船底低声轰鸣。我去望船侧滚出的黑液。忽想到,那江水好像向来是浑碧的,看不见底。

  能望见斑驳绿影时,岸近了。我总疑怪那船长的技术。我仰着看他,他手下急打转,船身缓移,从偏的那头返回去。终是到岸了。

  去外婆家,需渡江去。印象深刻的,便是我独自去那边小住。岸的那头有影子招手,船的这边也与我招手。

  算来,我从小坐船,履历该与水手相当。只是后来,丢了很多性子。渡江时,人只缩在车里。日头一斜,日子就在身后转去。

  高二那年,长江大桥矗了起来,远看似白帆扬起。我只走过一次。偶尔在坝上散步时,望见远处的几明星灯,会和旁边的人说,走到大桥那再回去吧。倒也未曾走到过。

麦芒与黄土

徐艳阳

  母亲是我很多文章的原型或主角,而今天,我却很想写写我的父亲。父亲的前半生与后半生形成了巨大反差,年少的他意气风发,敢想敢做,如斧尖去劈开混沌,劈出未来;中年的他渐渐褪去了锋芒,化身斧柄,厚实、圆润,去辅助子女开辟未来。和他最像的,是麦芒,也是黄土。

  听爷爷奶奶说,父亲小时候可野了,放羊,拔草喂羊,捉泥鳅,没日没夜地玩儿。有一次把羊放丢了,挨了不少打。我还真的不能把爷爷奶奶口中的蛮小子和现在忠厚朴实的父亲联系起来。二十出头的年纪,也想着出去闯荡,干出一番大事业。听父亲说以前总想干塑料和水暖方面的工作,当时这个算新兴产业,和几个小伙伴兴致勃勃地进料、开模子……但是生活给了这几个太过理想的年轻人狠狠一锤。大概是被生活的风浪渐渐磨平了棱角,父亲不再敢创业,找了份安安稳稳然而进步空间并不大的工作。其实以前有时候我觉得父亲很懦弱,听了他年轻时很多故事后我才发现,他并不是生来懦弱,这更像是遭生活毒打的后怕。父亲头发白得早,都说是被生活的重担压的。确实不轻松呀,上有老下有小,一晃我都二十了。人到中年的父亲,已经不再敢做梦,只想安安稳稳地过日子。每次听父亲讲起年轻时的故事,我总感觉他有一丝不甘。当年那个轻狂的少年郎应该没有活成自己想要的模样。但他也仅仅是不甘，并没有叹气过，他选择一笑置之。人到中年，他选择看开和豁达。

然而骨子里的倔强还是会时不时显露。胡适写的《差不多先生传》里的"差不多先生"简直是父亲的写照，买红糖买成了白糖，买 0.5 的笔芯买成了 0.35 的。受到我们的数落，还嘴犟地不肯承认，"这不是差不多嘛"。和父亲杠起来的时候，我们俩真是九头牛都拉不开。受凉咳嗽了，也不爱听我们的劝，硬要凭自己的抵抗力去拼。大概他是坚强惯了，不想示弱吧。

我感觉他呀，有着乡下人的一股淳朴，"吃亏是福"是他万分相信的。工作时，旁人把最苦最累的活丢给他，也不会多说什么；他不爱讨价还价，每次母亲嫌他买贵了的时候，总是憨憨地一笑而过；他不爱计较，听到旁人不合时宜的玩笑话，有时我听着不是滋味想回嘴，而他却像啥都没听到似的，干着他该干的事情。他很瘦，身上的淳朴气息却会让人特别有安全感，贴近大地贴近自然。

他呀，内心深处藏着一份温柔和调皮。一回买了点小番茄，他像个小孩子似的给每个人分好，"一人十个啊，不许争不许抢"；每次我惊讶地发出"啊"（方言里与"鞋"同音），他总会回我"ma"（方言里的"袜子"）；我指着远处的猫，他说这不是猫，是"mae"（方言口音的"猫"）……每每这种时候，我都会忍俊不禁，一个大叔未泯的童心就要藏不住了。几年前爷爷生病住院，他是白天守夜里守，悄悄掩面拭泪。父亲一直都有颗赤子之心吧，父母面前的小孩子，儿女面前的小孩子。但是他总爱偷偷显露。

很多人会把中老年的父亲比作山，我却觉得我父亲像黄土，夹杂着绿草的清香,携带着大地的气息。土不起眼,有时即便你踩着也不能感受到它的存在,但是就是在这土中,渐渐长出最有活力的苗,开出最鲜艳的花。

故 乡

邹冰淇

  我一直到十岁,仍然以为两个多小时可以从这头走到那头的小镇就是世界。

  很小的时候,世界首先是眼前家的样子。暖黄色的灯光,白色的墙,墙面上贴着各式各样的益智贴画,妈妈说我学会说话、认字都是由它们开始。上小学的时候,那些贴画被"拆除"了,然而很长一段时间,我依然下意识地觉得只要我一转眼,就能看到那些花花绿绿的图片。大概也是由于我是经由它们掌握认识世界的工具,它们似乎融入了我的血液里,就像说话写字已经成为我的本能一样。

  六年级的时候,忘了出于什么原因,我从小镇上最长、最大的马路这头走到那头,走了好远好远,在最这边的起点看到山,在最那边的终点也看到山。还没有装下多少知识的脑子里只依稀记得有人说过,地球是圆的,从这边绕着世界走一圈,就会回到原点。于是十二岁的我就在这条路上走遍了世界。

  初中语文课上老师要求我们写童年。时间像马路上的车子,一直向前行驶,而我坐在车子里,目视前方的姿势让我自然而然地不断经历一个又一个成真的未来,却从来没有移动过我的眼睛,或者在那个车子里转动身体,回望一下过去的车辙。那是我第一次真正意义上回想我的童年,不是小孩子和父母抱怨过去曾经受过的委屈时所用来做证据的回忆,而是真真正正地去回想过去。

别人或许走过很远的路,很早就出过市,出过省,甚至出过国。但我,当我将记忆回溯,画面中的景象仅仅是从一个小小路口到二十米外的小铺子这一点儿距离。然后以此为起点,延伸向路口通往的楼房,楼房之后的青山,青山之下的菜地,青山之上的苍穹。半个小时就能完全走一遍的地方,是我童年岁月全部倾注的所在。在记忆中闪闪发亮的,是那个亮着黄色光芒的铺子。眼前世界变成一个小窗口,灯光下,三四个矮矮的孩子几乎要把脸贴在了玻璃柜台上,瞪大眼睛盯着里面放着的糖果饼干,然后你拼我凑,从你的口袋里掏出一块,从我的口袋里掏出五角,凑成五块钱,从柜子里换出那一袋印着花花绿绿图案的饼干。

——其实我很早就搬离了那个小小路口,有着温暖黄色灯光的铺子也早就改成了一家早餐店,甚至早餐店也已经换过好几个老板。但当"童年"这个词在我的脑海里轻轻一敲,那黄色的灯光就那么快、那么迅速地,像曙光破开黑夜似的,一下子将我的脑袋填满,蛮横地一丝缝隙也不肯留下。

这是我记忆匣子里的第一个小窗。

第二个小窗不再是虚幻的记忆画面,而是一个现实的窗户。高中的每一个早上六点半坐到教室里,晚上十点半从教室离开的日子,这没有生命的窗户都在我身边静默,远山飞鸟白雾红霞全部经由它来到我眼前。我的家乡是一座山,我住在山下的镇子上,镇子上随处可见山。山下的山并不会云雾缭绕,它们和成千上万的、并不足以凭借美景被人们珍视的山一样,苍翠,平凡,它们如每一座山,也是每一座山。我在做题的间隙会抬头看窗外那座在两栋高楼之间、被挤得只露出一点儿顶的山和

· 17 ·

天空。它们和我记忆里家乡的山和天空一样千变万化，早上是金色的天空和发出金光的黄绿色山峰，中午是点缀着白色云朵的天空和碧绿的山峰，傍晚是橘色的、渐渐染血的、偶尔浮粉的天空和染上了这绮丽色彩的山峰。记忆里无数次在上学途上踩晨光投射的影子时，无数次躲着正午的日光从树荫下回家，却还是会被叶片中间斑驳的光线照射时，无数次回家路上停下脚步抬头看天上时，天色与山色就是这副模样。

　　天光依旧是那时的天光，故乡却已经成为故乡。

　　随着经济社会发展、基础设施、就业条件等等名词伴随着其他知识涌入大脑，不知道具体是从哪一天开始，家乡在我心中从归属地变成了起始点。山水林木意味着自然之美，也同样意味着发展的相对落后。故乡真正成为故乡了。不是我身处异地，回头望生我养我的地方，而是我期望在异地扎根生长，回头满怀兴奋地想要告别我未来不会再回到的地方。

　　坐上前往大学校园的高铁时，高铁的窗户会胶卷似的不断放映沿途的景色，我第一次看到和高中地理书上的画面一样平整的田野，下了高铁转乘公交车，高达几十层的大楼鳞次栉比，这里是和电视上一样的现代都市。然而渐渐地，我从不曾认真地以之为傲过的小山镇、成长的年月里甚至偶尔会嫌弃的小地方，越来越频繁地在我的脑海中出现。奋力想要跃出的水池，逐渐成为梦中的安乐乡。

　　一个人的一生只有那一次在母体里孕育的机会。故乡和母亲一样，是一个人一生只能有一个的特殊存在。人也只有这一次能在生命之初就和一个地方相识，而后在数十年的光阴里成为彼此不可割舍的一部分，或许以后会远行，但如同身体发肤一样亲密的回忆会在血液中流淌，终身伴随。

　　见过大千世界，仍然眷恋此间。这是我过去无法理解的事情,虽然现在依然说不出个所以然来,脑子里却找到了一个自认还算得上贴合的比喻:像人穿衣服,最基本的上衣、裤子、裙子,到得体的西服、礼服裙,以及奢华的貂皮大衣和各种高级定制,每个人都向往华丽的衣服,一生或许也能买到不少华丽的衣服,可是最舒服、最让人心里暖融融的,是冬天里穿在最里面的那件秋衣,它并不好看,但却是冷天里几乎一定会添上的衣物,也是一件又一件冬衣堆叠起来后,最合身的那一件。故乡正如此,未必是最繁华的都市,但一定是难过孤独时最思念的地方。

光

马佳辉

  阳光绕过白云洒在大地，鸟儿在枝头啾啾地叫着，时不时地飞向天空舒展身体，蝴蝶在花丛中炫耀着优美的舞姿，一切都充满了生机与活力。人们盼望的春暖花开日已经到来了，持续向好的数据也让我们从疫情开始时的惶恐到现在的喜悦。在这样持续向好的形势下，陈拾来到了许久未归的老家。

  这里是她记忆开始的地方，村里的人们都叫这里河坡，大概是因为在这片田地的后面是一个大河堤吧。河坡是村里非常偏僻的一角，四周全是农田。离别多年，这里也早已不是她记忆中的模样了，通往老家的路上已经不是泥泞的小路了，路旁的白杨树也早已换成了时下"流行"的樱花树，经常去玩耍的桃林也已经消失不见，曾经的桃花灼灼变成了现在的樱落红陌，昔日的稻场上倔强地立着废弃的烤烟房，旁边是破旧的老屋，枯死的大柳树。倒是附近的松树林似乎没有多大的变化，只是少了一些白色的盘旋的身影。陈拾在一岁的时候就住在这个地方了，一直到她上小学。她本来是不住在这儿的，后来因为父母在这边包了点儿地，便搬到了这里，她们一家搬到这里之后，这里就有了三户人家了。

  住在这么偏僻的地方，她小时候可是没少受罪的。那时候上幼儿园是非常不方便的，每天一大清早的就要走一两里的路，才能走到校车来接的那个路口。家里唯一的交通工具就是一辆摩托车，不过陈拾的父亲是从来不骑摩托车送她上学的，费油。那时候她特别懒，是最不喜欢早起的。陈拾还有一个姐姐，每天早上她父亲把她俩抱着，有时候也背着一个，手里拉着一个，然后送她和姐姐一起去路口的校车上。陈拾最讨厌的就是在冬天这个时候上学，每次都被田间的寒风吹得脸颊红彤彤的，所以每当到冬天的时候，她总有那么几次，缩在被窝里不去上学。而且那时候天还没亮就要从床上爬起来，因为偏僻，用电也是极为不方便的，有电的时候就趁着家里唯一的黄色的灯泡，当然没电是大多数时候，那个时候煤油灯就是她在黑夜中唯一的光亮。

春天是个踏青的好时节，那时候河堤上还没有水。清明的时候，那是陈拾第一次见到邻家来乡下看望爷爷的玉儿姐姐，长长的头发，白皙的皮肤还戴着一个叫"眼镜"的东西……她也不知道该怎么形容这个大姐姐，总之就是很美好，给她的感觉很舒服。姊妹俩和玉儿姐姐一起去河堤上玩，她们爬上河堤，沐浴在阳光下。坐在高高的河堤上，清风吹过脸颊，格外的舒爽。城里来的玉儿姐姐会给这姊妹俩讲很多的童话故事，她的声音很温柔，也很干净。陈拾坐在河堤上认真地听着，她看着玉儿姐姐的侧脸，仿佛觉得她在发光，可是这却又是白天，光不是到处都有吗？在这个偏僻的地方，玉儿姐姐是她们为数不多的玩伴，而且也只有周末还有寒暑假的时候才能见到，有时候玉儿姐姐也还不一定会来乡下。每次玉儿姐姐来乡下的时候，陈拾总是好奇城市是什么样子的？玉儿姐姐这样人美声甜，而且又温柔，那城市一定很好吧，自己长大了是不是也可以去城市呢？如果是的话真想快点长大。后来陈拾上小学就搬了家，也交了很多的朋友，与老家里的人是一点联系都不可能有的了。但或许是因为在那段记忆模糊了，美化了这个童年的大姐姐，也或许是因为在那段孤单寂寞的几年里她是除了亲姐姐以外能见到的唯二的大姐姐吧，她一直都很想念这位温柔的大姐姐。如果可以的话那时她真的很想和玉儿姐姐好好地道个别，但这自然是不可能的，那个幼稚的年纪真的傻傻的什么也不懂。

经年已久，或许几年后老家的屋子就会消失不见吧，也或许它仍会坐落在那里，作为这里曾经有人居住过的证明。但无论哪一种，也都不是自己认识的样子，儿时的老家也只能活在记忆中了。而现在陈拾已经不再是懵懂无知的小孩子了，为了追逐那一团光，她没有像村里的其他人一样初中读完就不读了，她考到了县一中，又考上了大学！她如愿地来到了城市，而且还是省会城市。乡村振兴实施后，再次回到村里她是真切体会到了乡村这些年来的变化，她所在的村子现在是"省级最美乡村"！村里的干部是和她一样的大学生，他帮助村里的人处理了不少问题；还听说村里的河坡——她儿时住了六七年的地方，要重新规划建厂呢；现在村里还在平整土地……她突然觉得有点羞愧了，她是吃着这片土地的粮食长大的，却没能为这片土地回报些什么。

她迷茫了，她不知道自己追逐的光到底是记忆中的那一处美好，抑或是憧憬着的城市生活，还是她目之所及的这片既熟悉又陌生的土地……她又爬上了当初的那个河堤，恰巧又是春日，仿佛又回到了儿时，突然她又看到了那白色废弃的烤烟房，目光逐渐坚毅，会心一笑。

哼着歌，她走下了河堤……

还年轻呢，做自己想做的事吧，结果或许不尽人意，但拼过、努力过又有什么遗憾呢？黑夜里不再只有一盏煤油灯了，白日里光也是到处都有的。我追逐的光不就在这片土地吗？又何须舍近求远呢？阳光洒落在我自己身上，那我不也亦是一团光吗？

槐花满地不开门

杨子涵

趁着暑假，我和父母回了趟老家。正值夏天，天气有些闷热。老家门口的大槐树正开得烂漫。看着落了满地的槐花，我又想起来爷爷。

爷爷在我们当地很有名，他加入过国民党，年轻时打过仗，后来又经历了"文革"的批斗，他的经历坎坷又传奇。年少时的军旅生活在他的身上留下了永久的伤疤，也塑造了他不苟言笑、严厉坚毅的性格。奶奶给我讲过很多他从小到大"收拾"儿子女儿的故事，这些都是别人视角中的爷爷。在我的记忆里，爷爷总是坐在那棵大槐树下，不管寒暑春秋。

春天是个温柔的季节，槐树刚刚抽芽，朦朦胧胧的嫩绿色点缀在枝丫上，像一幅清新的工笔画。爷爷喜欢搬一把椅子坐在树下，一字一句地大声朗读他的宝贝——《本草纲目》。他总是得意地跟我炫耀："《本草纲目》我可以倒背如流咧！"我听得耳朵都快起茧了，便故意回答："我才不信，你经常连别人的名字都记不住呢！"爷爷一恼，便把我拉到他身边，非要我听他背完一整本书才肯放我去玩。整个院子都回荡着他的声音，和春天的气息一起被风吹到远方。

不知道是蝉鸣唤来了夏天，还是夏天招来了蝉鸣。夏天是热闹的。恍惚是一夜之间，槐花全开了。一串串洁白无瑕的槐花缀满枝头，空气中都弥漫着淡淡的香味。在大槐树赠与的荫凉下，大家都会不约而同地坐到树下纳凉。每到那时候，爷爷总是主角，大家都喜欢听他讲从前的光辉事迹，听不腻似的。爷爷也喜欢讲他的故事，每一次都慷慨激昂，讲不腻似的。大家在树下围坐一团，一只手挥着蒲扇扇风，另一只手往往揣着一把瓜子或者花生，时不时发出阵阵笑声。槐花的香味飘进了爷爷的故事里，记忆也染上了芬芳。

  秋冬就要萧瑟多了，大槐树的花早就谢了，叶子也一天天掉光了，粗大的枝干上光秃秃的一片，正好成为我的天堂。爬树是我冬天最爱的活动了，我在树上爬，爷爷便在树下看着我，一边看还一边佯装生气地喊着："慢点，慢点，小心摔下来了！"我不理他，继续往上爬，爷爷便在树下着急得转来转去。我赖在树上不肯下来，坐在伸展出去的枝干上，望着远处的水库和山岭，爷爷便陪着我坐在树下，一会儿从口袋里摸一个橘子递给我，一会儿从屋子里拿个围巾硬是让我围上，总之老是闲不下来。

  爷爷去世已经好几年了，老家也渐渐没人常住。又是一年夏天，我回到老屋，槐花依然开得烂漫，可是树下再也不见爷爷。

家乡的元宵

周 睿

冬日里的阳光轻盈温暖，及至年关，终日奔波忙碌的人们脸上也多了几分笑容。

说起"年"，最让我印象深刻的，应是家乡的元宵节吧。

元，指一年之始，宵为夜，元宵是农历一年中的第一个月圆之夜，人们赋予这一天特殊的寓意，满怀期待，为迎接新的一年做准备。元宵节历史悠久，其习俗在全国各地不尽相同，我家乡的元宵节也颇具特色。

从农历正月十四到十五，是元宵节，一般来说过两天。这两天，一大家族团聚一处，热闹不已。白日里，每家每户为丰盛的晚餐采购、处理食材，家中厨艺最好的人掌勺，其余人或是打下手，或是围坐嗑瓜子儿聊天，聊的无非就是家长里短，小辈们往往结伴外出玩耍了去，直至晚饭完成，长辈外出寻，又快快活活回家吃饭。菜色并无讲究，不过在晚餐前需先摆好菜饭和酒，烧香贡饭，意在祭拜先祖。若是在农村，有养殖的，如猪圈、牛圈等，会在其间点亮蜡烛，还要去菜地点燃蜡烛，即"亮猪圈、牛圈、菜地"。依先祖所言，这代表了祈求养殖、种植顺顺利利。

真正的"重头戏"在吃完饭后。父辈小时，还有"偷青"这一习俗。待到深夜，村里的年轻人便会组织"偷青"，简单而言，就是到别人家地里"偷菜"，随便处理后，用柴火烧烤了吃。"偷青"的对象一般都是田地里的农作物，且都有其寓意：生菜寓意"生财"、萝卜菜头寓意"彩头"、大蒜寓意"好打算"……人们借此来讨个好彩头。"偷青"也不是随心所欲地"偷"，有一定的规矩，不能偷太多，必须及时吃完。"偷青"的另一风俗是，"偷"菜的人一旦被发现，将会给对方带来好运，所以不论是"偷"菜的人，还是被"偷"的人，都乐在其中。不过到了我们这一代，"偷青"已经不复存在了，实在可惜。

在我家乡的元宵习俗中，还有一项最为重要的：晚上要"亮灯"。后辈带着纸灯笼、蜡烛、香、纸钱去祖坟前，打扫、点蜡烛、烧香、烧纸、磕头、放鞭炮和礼花。烧纸时，人们将一年来家里发生的事简要告诉逝去的先祖，以示对先祖的怀念和尊敬，期望来年风调雨顺、儿孙安康。"亮灯"的由来已没有准确的答案，有人说是因为古时人烟稀少而豺狗多，经过一个冬天，食物稀少，饥饿的豺狗会寻觅新坟，刨开坟土，以死尸为食。由于豺狗害怕火光，于是人们便在坟前点火，让豺狗不敢靠近，死者能入土为安。不过"亮灯"这一习俗演变至今，也有了很大变化。为安全着想，"亮灯"已改为白天，放置的是电子蜡烛，不再放礼花……

虽然随着时代的发展家乡元宵节的习俗也发生了许多变化，甚至连原本的寓意都已忘却，但这些习俗始终给我们带来了美的享受。

当节日来临，人们沉浸在欢庆的氛围中，忘却了一切的烦恼时，能够从中获得了特殊的审美体验。崭新的衣裳、红红的灯笼、壮丽的烟花、响亮的鞭炮、喷香的菜肴……色、形、声、味等的糅合是视觉、嗅觉、味觉乃至触觉的狂欢，各种感官之间得以联结，人们在这样的经验融合中更加深切地感知美，沉醉于美带来的欢愉。不仅是形式，每一样习俗后面蕴含的意义也体现着美。每一个灯笼都蕴含了一家人的活力干劲，预示了新的一年红红火火；每一声鞭炮都是除旧迎新，蕴含了对未来的美好愿景；每一个白白胖胖的元宵都蕴含了对一家人团团圆圆的美好祝福……在结束了一年的辛勤劳动后，人们展望新的一年，相互激励、相互祝福，是中国传统农耕文化流传至今的朴实之美，集中体现了"乐、善、美"的人文之美。在元宵这一天，人们展望未来，也缅怀过去，祭拜先祖、为逝去的亲人扫墓，不论时代怎样发展，人总不会迷失方向、忘了自己的根，铭记先祖的不易，才能时刻保持一颗赤子之心，这样的精神之美，时至今日也不可缺失。

这一天，人们梳妆打扮、换上新衣、笑容满面，浑身的喜悦朝气都显示出了人的风姿之美，即感性生命之美。元宵佳节，男女老少齐聚一堂，人们尽情玩乐，在节庆的世界中超越了世俗的、实用的、功利的关系，不受世俗等级观念的束缚，无视特权禁令，超越了种种局限，回归了最原始本真的生活、回归人的自我，浑然忘我、快乐、陶醉，充满了自由感和幸福感，从中获得了社会美的享受。岁月流逝，一代又一代人的喜怒哀乐、酸甜苦辣都包含在这几千年的历史文化积淀中，体现真挚的情感之美，深厚的历史文化之美，最接近原始本真的人文美。

人本是自然的一部分，然而在人类社会的演变过程中，人的关注逐渐远离了自然，工业文明、商品经济、近代科技崛起后，人与自然的关系越发紧张，现代网络的发展也使人与自然越发疏离，人们即使不出门也尽可知天下事。不知不觉，人已将自然放在自身的对立面，用利益衡量人与自然的关系。但当节庆时，人在生存的压迫中得到喘息，摆脱社会规则的束缚，重归自然，与花鸟虫鱼玩耍，漫步山间小路，听林叶声声，享受本真的自我，尽情感受自然之美，要与田地里的庄稼一同茁壮成长。如今，人与自然的关系问题越发受到重视，在沉醉于节庆的氛围时，人们换上电子蜡烛、鞭炮，自觉使用环保的方式进行庆祝，力图修复人与自然的和谐美。

甚至，我们能从元宵"亮灯"习俗的小小纸灯笼中看到民族智慧与技艺的结晶，一张薄薄的纸，绘着精美的图文，用窄窄的竹片即可撑开，插在蜡烛四周便可防风，远看过去，各色灯笼点缀山间，为生者与逝者点亮了一条回家的路。

当元宵与美学结合，我们便可透过美学的视角来挖掘更深层次的文化内涵，元宵节的习俗虽然随着历史长河的流逝发生了很多变化，但始终不变的是对一家人团团圆圆的祝福以及对来年新的展望。元宵蕴含的文化渊源与民族情感深深镌刻在我们记忆的深处，是灵魂里永不熄灭的一把火。

晚　上

肖云翰

　　窗外的天空混沌了高楼的轮廓，只有远处的广告牌露出半截，发散着亮银的光，仿佛它才是天上的银钩，只是不留待白光泄地，就被深邃的黑夜裹挟着吞噬掉了。这栋教学楼我坐了有三年了，教室在翻新，门牌上的数字在调整，但每个夜晚，楼外都是如一的黑和静。像一只黑猫，潜伏着，绝对专注而耐心地潜伏着。

　　有时我感觉，自己像被置入了另一个空间。幻想着把视角拉高、拉远，自己就是视界里唯一的微光。或许是实在太静，以至于有了这番错觉。其实商店街和五一广场就在几百米开外，那又是一番热闹景象了。隔着一道高墙，黑夜就被分割开了。偶尔窗外会有各式的声音，在黑夜里被放大了。我听过音乐室里不懈练习的学弟学妹，透过隔音不佳的墙，重复着同一句词或一段曲，透入教学楼里的人的脑子里；也听过不知源起何处的悠远而不合时宜的老歌；还有时候，烟花在空中炸响，宣告一个个我不知晓含义的大日子。

　　几乎每次有不会断绝的杂音时，教室窗边的人总要重重地把窗合上的，甚至用力过猛，窗户还会弹回来，又只好沉住气慢慢合上。我从未坐到过那掌握开合的大权的位子，常想着，如果有人练习弹唱，我一定要探出头去寻一寻。

教学楼的夜晚，总是最幽暗的一块，下了自习课，所有人往校门涌去，好像凭空生出了人群。白亮的灯照醒了院士路，大家都踏实而自顾自地走着，心思也飘得远了。

老家的夜晚则不大需人走动。门前自有一大块凉坪，堪称作前院吧，捎把竹椅，握把蒲扇，一坐可以消磨一晚上的话头。小时候常住乡里，这样的晚上度过了有好些年。外婆常同母亲坐在屋外头，一摇蒲扇，就讲起李老爷子的豆腐手艺，一定要多买些给我吃；拍拍扇子赶走蚊虫，又讲到老刘家的猪肉涨了价。曾说起自己受了气，连扇也忘了摇了，讲得母亲开始苦心劝慰起来。父亲则是坐在最边角的橘树下，也是凉鞋一双，蒲扇一执，木凳一把。早些时候，父亲可以独坐到远山的灯火熄去，坡上的邻家的电台声消弭在梦乡里，只有夏虫不知疲倦。父亲就这么融入黑夜里去了，唯有扇动的扇子可以依稀辨别他的位置。有一次，他的脚竟被蜈蚣咬了。现在他依旧坐在那棵老橘树下，不过手里的手机照得他的面庞清晰可见了。

我小时候害怕黑夜，总担心有什么东西把我捉去。所以我常常在屋子里头，家里人在外头。每年春节，只有我守在电视机前，看得兴起，父亲就开始催我睡觉了，只有外婆会偷偷摸到床边，往我枕头下塞个鼓囊的红包，再抚摸我的额头，说三遍"身高万丈，火已千里"，大概是在求平安之类。所以我总是看着电视重播，一边向母亲汇报外婆给了多少钱，每次清点，母亲给外婆的那一份新钞都退了回来，还带上外婆旧的存款，数目从来是不小的。

后来搬到了城里，我总要渐渐学着分开睡。那段日子我总是打着一盏台灯才能安睡的。往往被子蒙到脸上，还要偷瞄门口，总想着会有鬼怪趁我不注意冲进来。连背也必须靠墙一边，试想有什么鬼怪到了床边，自己却仍背过去而不知，多么骇人。

要是想到床底下，那更是怕的睡不着了。但到了老家，却总是不会害怕一个人睡的。过节的日子，窗外的星空或亮或暗，那是别家在放着烟花，一声一声地轰鸣着，好像把一切鬼神都给震散了，一觉可以睡到翌日上午。下了楼，外公外婆和父母都忙去了，桌上就放着一碗结了油膜的快糊的粉，有时是凉掉了的绿豆粥，一天就是从一人份的早餐开始的。平常的日子，如果是夏天的夜晚，窗外的星空往往要分外明亮些。夏虫鸣得欢畅，看家的狗时不时叫唤，兴许还有经过院外小路的乡人窸窸窣窣的声音。这种晚上是绝算不上静的，却不会让人觉着吵闹，也常不会有梦。如果是冬天，窗外的星空就会深邃些，来得早些，少有什么响动，往往是静谧的晚上，反倒让人不易入睡了，总会想起一些人或事，再从不经意间入梦，整个晚上都显得漫长些，难得些。如果是春秋之际，我则不记得了，从我入城上学后，再没在这段日子里回乡过夜了，即使有那么几回，我的心思也不在窗外的世界了，或许是静的吧。

　　老家的夜晚说来也是可以走动的。家人常常叫我出去，一起去外头散步。出了院门，就入了小土路。路的一头通向两座低山的中间的低地，那是农田最多的地方，常有人戴着斗笠躬身耕作。另一头通向水泥铺就的大马路。以往还觉着新鲜，现在城里到处都是柏油路，这条坑坑洼洼的破旧的水泥路更多的是萧瑟了。往马路那边走去，会穿过一片片松散的田地，靠家这边是山坡，靠路那头是田。田里种的我都叫不出名字，外婆和父亲教我，才约莫晓得一些，听他们说，晚上菜会偷偷长大，像贼一样。路上还有一个不起眼的小庙，杵在山坡上，外婆总是要拉着我跪拜，即使是晚上，鞠躬也是肯定要的。说是小庙，其实更近似于一尊带顶的香炉。听外婆说，那是建老房子剩下的砖砌的，是供着土地公的，很灵。上了马路，说是马路，其实也只是一条支道，是连接村庄用的。还得向前走上几百米，才能望见沿路而建的集镇，这才算上了大路。母亲是最喜欢到集镇上晃悠一圈的，只因为老同学在那头的加油站上着夜班。我曾去过几回，乡间的夜路总是静谧的，更不消说小路了，偶有大路上过的卡车，才在这夜景里增添几分响动。加油站也时常是空荡荡的，刺眼的白炽灯使其在黑夜里更为打眼，毫不吝惜地亮堂一整个夜晚，映衬出薄薄的荒凉。灯下独坐的一个人影，就是母亲的老同学了。待到聊完了天，母亲才不舍地带我又融入黑夜，走向家去。乡间连大路都不全有路灯的，我们那儿或许格外偏远些，正好没有路灯。埋头沿着路边走，老旧的水泥路成了灰色的色块，路旁的水沟、田地都沦为一抹黑，让人不敢试探。路上有许多碎石，我尤其喜欢踢着玩儿，一块石子往往能踢回家，只有弹入路旁的黑灯瞎火里，才会一时悻悻，消去玩乐的念头。一路透过月光和几户人家穿过窗花的灯光，看清脚下，伴着踩在石子上的"咯吱"的声响，这就是老家散步于夜里常有的景象了。

现在少有机会回老家了，好不容易回去了一趟，变化很大，生活方便了许多。可惜不再能够找到以前的感觉了。

较之从前，现如今的夜晚多是昏黄色的。城市的霓虹灯将光亮铺洒了整个街区，多了一种将歇未歇的韵味。有的街道依旧人头攒动，有的路面依旧车水马龙，留有白昼的余劲。只有小区里，居民楼处，黑色才是主色调。零零星星有几户人家不曾熄灯，或许是熬夜工作，或许是等待那个夜归人。生活的碎片就藏在其中了，给人留足了空间臆想。印象中，一次集训我坐在操场，十三盏黄色霓虹灯照映在主席台前。城市的夜空一如既往的寻不见星星，远处的两栋居民楼在黑里透黄的夜空里勾勒出黑色的轮廓，几户人家的灯光格外打眼。一念间，我便觉得这是自己的家,想起虚掩的门、微醺的廊灯和酣睡的人。心中便升起了几分怀念与感伤。

沈从文在《边城》里写道:"黄昏那样温柔,美丽和平静,但一个人若体念或追究到这个一切时,也就照样的在这黄昏中会有点薄薄的凄凉。于是,这日子就成为痛苦的东西了。"一如晚上,不论哪一片天空,哪一段日子,总会有人情到深处,在夜里流下眼泪,流到从黑夜里坐起来。

所以我喜欢祝人好梦,祝好梦。

味道与记忆

毕 蓝

晚上跑步，总能闻到一阵阵清香。它悄悄地混入空气，不易为人察觉，但让我觉得安心而又舒适。

我忽然想起，每到春末，香樟树开花的季节，街头路边都会弥漫着这种清香。香樟花的气味连接着我的记忆，连接着与这个季节的家乡有关的一切。

气味就像一个个小抽屉，装着某些特定的时间、地点、情绪，一个个小抽屉的堆积，组成了记忆的仓库。当再次闻到这种熟悉的气味，首先取出的可能是某种情绪。都说音乐和颜色能传递情绪、影响心情，可是更加难以为人察觉到的是，气味也能在不知不觉中左右人的心情。清甜好闻的香气能带给人舒适的享受，而臭味就常常让人心生厌恶，带来不悦。有的时候，气味还连接着画面，一种熟悉的气味带来的强烈画面感会将人的思绪拉回那个特定的时间与空间。

在某个夜晚，我会突然想起高中食堂鸭腿的味道，突然萌生想要回去，再尝一尝它的想法，晚睡导致的饥饿感，更是让我陷入与鸭腿有关的回忆中无法自拔。但是仔细一想，这鸭腿并不是什么珍馐，肉质甚至还有些老，这样一道普通到我几乎无法回忆出它的具体味道的菜，为什么时隔将近一年，又能让我对它念念不忘？想到鸭腿，我就会想起与我同窗的好友，想起每天中午我们都会结伴一起奔向食堂，想起我们看到中午的菜品中有鸭腿时的兴奋，想起我们傻乎乎地一起祈祷前面排队的人不会把鸭腿点光，想起我们的欢声笑语……现在，曾经的好朋友们都分散在各地求学，难得能再次相聚，在大学里，时间更加自由，能时不时出去下馆子、打牙祭，但是却没了高中那种为了吃到一道菜而狂奔的快乐，没有了原来那些看似幼稚的举动，但是我还是想要让时光暂时倒退，让我再回去体验当时的心情。原来我怀念的并不是什么美味的菜肴，而是这个味道背后串联着的我的高中生活，那段我再也回不去的美好时光。

　　与高中同学们交流曾经的生活时，谈到最多的是高中的食堂。这就像在外地遇到同乡，聊一聊家乡的美食总是能很快地拉近彼此之间的距离。这种共同分享过的味道串联起共同的记忆。即使两人有着不同的职业、不同的家庭背景，但是提到这种味道第一时间想起的却是相似的画面。人们的乡愁中，很大一部分愁绪就是来源于对家乡美食的思念，但他们馋的真的是那个味道吗？我觉得他们更加怀念的，其实是与之相关的家乡的人或物。

　　所有的情感被写在一道道的食物中，它像手掌纹一样被我们紧握。日月轮转，再揉眼时，风景变了，味道还在。

忆

李 婷

许是越长大,越容易感怀,总想要忆些什么,拼命抓住时光的尾巴。就像初中总爱写什么童年回忆,到了大学也总想写点什么纪念一下高中生活。觉得要是不把它记下来,五年,十年,二十年,它会随风飘去,渐渐被淡忘,那说什么也对不起这三年的成长与历练。也许在将来再回想起也不过就那样,原是心境不同了吧,但总归是值得一记的。

前几天回了趟母校,学校又在翻新操场了,好像学校总喜欢在送走一届毕业生后做出些新改变。

记得早晨六点的"晨操"是在小早读过后,叽叽呱呱晕乎乎闷头读了半天书后,被一声哨响"抽"离了梦境,赶到操场上跑步,惯例三圈1200米。夏日,阳光总会在我们的脚步声中悄悄地探头探脑,像个好奇的孩子,瞧瞧是谁打扰了他的好梦,然后再从排排高楼的夹缝中浅浅地斜斜地洒下来,驱散黑夜的冷意。冬日,我们踏月而出,依然踏月而归,这时连阳光都可以偷偷懒,但我们不能,我们依旧要被体育老师像"赶鸭子"一样赶到操场上,无形的冷风肆意地流窜着,拂过面庞,钻进脖颈,又划过手指,无孔不入,更令人头痛的是冬日的棉衣,臃肿肥大,平白增了重量,真真是难受极了。但跑后,流一场酣畅淋漓的汗,倒也让人心畅神怡,好不痛快。此时与被窝难舍难分的"情谊"也早抛到九霄云外了。

　　午操有两次，分别在上午和下午大课间，阳光正好，既无正午的曝晒，也无"晨操"的寒冷。夏日做操，冬日跑步，倒也蛮人性的。

　　虽说每次听到那声声响彻整栋教学楼的"催命"哨声，教室里总是哀怨不断，但现在想想竟还甚是想念，想念被老师在屁股后"赶"着去锻炼身体的日子，有人管着的日子真好，充实，规律，总之不会觉得虚度光阴，碌碌无为。

　　教学楼右侧是小花圃，现在那里光秃秃的，没有一点花园该有的样子，但夏日那里可是爱花少女与小吃货的乐园。

　　北苑的花总爱"争奇斗艳"。春时，月季，玫瑰，牡丹竞相绽放，姹紫嫣红的，在校园一角默默绽着冷艳的光，毕竟高考在即，鲜少有人会在此驻足，即使此番景象令人赏心悦目，即使沁人心脾的香气真的能够让人从混沌的复习中获得片刻的舒缓，清醒。许是这一方天地少有人来，园丁的打理似乎也有些"怠慢"，不过倒也增了一番新的韵味。你且低头瞧一瞧，便可在一垄垄月季或玫瑰枝下瞧见那星星点点的蓝，那便是你一定见过但叫不出名字的阿拉伯婆婆纳，又或是一抹红，一抹黄，那是红花酸浆草，黄花酸浆草，再或是冷不丁的就"跟"着你，"攥"着你衣角的苍耳……随地而生却无杂乱之感，普普通通，平添一份尘气，在名花争艳的贵气中晕出不一样的光。

　　初夏，小花圃的人气便会旺些，不为什么，只为那棵缀满紫红"珍珠"的桑葚树。桑葚树生得高大，偏偏那越是顶端越是阳光充足，果子越是酸甜可口，可怜我们这些小馋鬼儿只能眼巴巴地瞧着。不过熟了的果子总会有些耐不住寂寞，早早地便落了下来，被踩在脚底，被捧在手心，抑或是被含在口里，那都是它们的命。生在北方，我们鲜少见到莲花，所见过的也

故乡记忆

不过是养在植物园的湖中,供观赏的,更别提去采个莲蓬,剥个莲子了。所以当我们欣喜地瞧见花圃中一排排大圆盆中生出片片莲叶,再长出朵朵莲花时,便盼望着燥热的暑气。莲子生在八九月份,正是暑假,我们便三三两两的约着,猫手猫脚地潜进校园——摘莲蓬,然后再在门卫大爷的骂骂咧咧中落荒而逃,不图啥,就图个新鲜,图它稀罕,其实有些莲子是真苦,一点也不好吃。

花圃中还有核桃树,枇杷树,我们年年盼望着,盼望着,就盼到了毕业,其实果子成熟期总在暑假,我们也很少得闲跑去摘果子吃,所以那少有的尝鲜便成了永远的回味,每每在想念时将它从记忆深处挖出来细细回味,回味那时纯粹的快乐。

要说占据高中大部分时间的一定是学习,考试,卷子,但偏偏想回忆一些的时候,反而不是这些。许是这些是理所当然的且千篇一律的,回忆起来索然无味,所以顶着学习的名头,光明正大的玩乐才值得忆一忆。

以高考志愿者的身份留校,我们拥有了一个别号"小红帽"——每人戴一顶红色帽子站在指定位置为前来考试的考生服务,或帮忙维持考场外的秩序。不站岗的时间我们就在临时教室自习。没有老师,没有上下课的铃声,没有规规矩矩的座位安排,这三天我们算是编外人员,自娱自乐。说是自习,其实看课外书,玩游戏的都有,甚至还发展成为大型集体游戏,玩萝卜蹲,玩躲猫猫,颇有一种顶风作案的快感。其间也有老师来查岗,但我们总能在老师踏进教室的前几分钟规规矩矩装作什么也没发生似的安静复习,老师也只是默默看几眼就走开了。

其实老师怎么会不知道我们心里的小九九,吵闹声欢笑声他又怎会听不到,他只是愿意纵容我们这帮孩子在压抑的学习中自寻乐趣罢了。这样看破不说破的默契是孩提时代老师长辈给予我们最珍贵的宽容，长大后很少会有人再这般纵容我们了。

从高一到高二再到高三，算是一个由青涩到逐渐成熟的过程吧。从前认为千百次的考试一定会锤炼出坚强的心态，但高考时还是会紧张，焦虑；从前还很懵懂，还可以没心没肺，可到了高三或许心中就有了那个他吧；从前不太能体会离别的感受，但高考后那个暑假的毕业聚会之后我们真的就要各自启程，奔向四海。

三年很长，长到你会经历无数次考试，积累上万张试卷，拥有无数个排名；

三年也很短，短到生活中好像只有考试，所以我想把这些我还能忆起来的快乐碎片收集，装进时光胶囊。

人 / 生 / 感 / 悟

你的眼神
——观佛像

谭宇琦

假期漫漫，总觉得蹲在家中是对时光的一种辜负，于是趁着微凉夏风，伴着灼灼日光，我来到了声名赫赫的故宫博物院想一探紫禁城的美貌与风韵，却不想被你吸引，见之难忘，久久萦绕在我的心中。

八月的故宫正是忙碌的时候，放眼望去人潮涌动，喧闹声像一阵阵巨浪向我拍来，让我很是不适，心中升起了隐隐的烦躁与不耐，同时我也对自己离开舒适的空调房感到后悔。复杂的情绪交织中，我离开了人群去向了那人流稀少处，不巧误入了一处院子，没有标牌，只见一名保安懒懒地站在房间的门口。他瞟了我一眼，眼中流露出了些许精光。我越走越近了，终于我掀开了门帘，眼前一片黑暗，我遇见了你。

我在门前微微一顿，片刻后，一片黑暗中渗出了点点昏黄，它们交缠着，我踏入了另一个世界。正对着门我便看见了你，你静静盘坐在昏黄处，微垂着眼帘，唇角向两侧裂开，映出点点笑意，显得那样和善与慈祥，像一位老者，无欲无求，看破尘世，心有留恋，迟迟不愿离去。

你真奇怪啊！于是我便向前走了些，近了近了，你变了，你的眼睛在缓缓张开，以一种俯瞰的视角审度着我。你的眼中我看见有水光在流转，含着一丝悲悯。我感觉我被一团暖光所包裹着，它从你的身后缓缓放射出来，带着母亲般的温暖与柔软。此时的我感觉到了你那柔和似水的目光中暗含的审视与判断，在悲悯之余又有了些许批判。我在这样的目光中沉溺了，久久不能回神，心中若有所思又感到了些许怅然。原本爽朗的心情逐渐变得抑郁了起来，仿佛干什么都提不起劲来。心中升起了一种被轻视的恼怒，哪怕你的目光像母亲般温暖而温和，但却让我深深尝到了一种反抗的欲望，我要挣脱这样的目光，我就是我自己，我要做我自己。

  我顶着这样的目光走得更近了，我终于停在了你的身前。每走一步我便感觉像是扛着万钧之力，你的目光远了远了，落在了我身后那片未知的远方。我以为我成功了，我抬起了头你便像是永远不曾离开，永远不曾被挣脱那样仍将我牢牢笼在身下。你多了些怒目圆睁之气，眼中威严更甚，一片一片的阴影涂抹在我的身上，那昏黄的暖光没了，我心中终于升起了畏惧。站立在你的身下，我突然感受到了一缕冷气从我的脚底慢慢地向上爬，在我的大腿、腰侧、背部蔓延开来，我不禁打了个冷噤，感受到了更大的压迫感。整栋房子显得鬼影幢幢，我好像听见了你的笑声，在嘲笑我的怯懦与不堪一击的反抗，抗争仿佛已经变成了一个笑话，我不甘心，我不甘心，于是我终于迈开了脚步贴近了玻璃，努力抬起头，仔细端详着玻璃柜中的你，忽然我笑了，笑声无法控制地从我的嘴中冒出来。假的，都是假的，心中有一个声音告诉我，它只是一尊石雕而已。对啊，你只是一尊石雕，哪怕栩栩如生，哪怕在光影中威慑着我。

  我转身离去，回头一望，我看见它正对着我笑，我也笑了，终于是不再回头，径直走出了那间昏黄与黑暗交织的房间，来到了我的世界。

虚荣舞者

马佳辉

我日日夜夜跳舞，不知疲倦。

这没什么可疲惫的，毕竟我的舞姿如此美丽，任何一个人看到都应是他的福分。一舞结束，我随着音乐节奏扬手，试图听到台下此起彼伏的欢呼声，他们会因我陷入疯狂。

可那里空无一人。

有的，只是观众席上零散放着的数面镜子。

音乐响起，舞者再次沉浸在自己的舞蹈世界。灯光熄灭，唯舞者头顶的一盏聚光灯随舞者的动作移动。灵活的双脚轻点地面，好似一片羽毛落入平静的湖水。紫色灯笼裤的裤腰束着天蓝色的上衣，裤腰和裤脚上的金色锁链装饰让原本平平无奇的舞衣增添了几分贵气。白色的斗篷随舞而动，浓密又有些卷曲的披肩发柔柔地在空中飘扬。抹了口红的唇衬得本就白皙的肌肤更加美丽，深邃的眼窝嵌着黑白分明的眸，眼角微微翘起的弧度为这位舞者平添了几分魅人的气质。

舞者美的好像一只天鹅，优雅、圣洁……这只天鹅在属于他的舞池中央动人地舞蹈着……

穿过云海环绕的沙漠，飞过平静幽深的汪洋，一位身着白色镶金斗篷的旅人踏上了这座许久都未曾被人造访的孤岛。

远方，日薄西山，浓如玄墨的烟云，自东方的地平线下爬上天幕，源源不断，直至遮天蔽日。旅人抖着白金斗篷追寻着远处的音乐和灯光，在寸草不生、烟云笼罩的孤岛上穿行着。渐渐地，随着黑暗退却，远处的灯光照亮前路。

近了，旅人隐约可以看到灯光闪烁之处是一方舞台，舞台上人影绰约；更近了，透过朦胧的烟云，甫一看清舞台上的人影，便撞进了一双幽深飞扬的眼眸，几乎全部神思都要陷入这深邃的星海。

虚荣的舞者称自己是这座岛上最优秀的人，尽管这里只有他自己。旅人在这里看着舞者一遍又一遍地起舞，他也曾为许多美景而停留，在这座岛上旅人停留的时间最久。但作为一个要看尽世间美景的旅者，旅人不会停止探寻其他风景的脚步。

旅人最终还是离开了这座孤岛，继续他的旅程。他从微光氤氲的晨岛到了晴风舒朗、草色茵茵的云野；穿过树木高耸密集，长年累月淅淅沥沥下着雨的雨林，跟随遥鲲一飞而上；见过霞谷永不消沉的瑰丽的夕阳和那从未融化过的积雪；又到过诡异荒凉，四处散落着残垣断壁的边陲荒漠，这里从来没有过阳光，处处充斥着墨绿的烟云；他在漫天星光的禁阁穿行，看到了浪漫的星火瀑布。旅人觉得这漫天的星星美极了，动人的星光似曾经某位故人的一双眸子……

在漫天的星光下停留了良久，旅人心想，啊，我是一个旅人，我怎么能停止我前进的脚步呢。但我去过许多地方，见到过无数的美景，我依旧忘不了那位舞者，像他所在的那座孤岛一样孤独、寂寞。我想要带舞者去看这世间最美好的风景，他值得这世上最美好的东西。

于是，我又回到了那座孤岛，我再一次看见了舞者。他仍旧是优雅地向我鞠了一躬："你也是我的崇拜者吗？"我看着对面那位高贵的舞者，他似乎永远都是那么帅气优雅。就这样看着他，我想要对他说，我要带他去览尽天下的美景！我想要对他说，我要！我想要对他说，……可已经反复咀嚼的话却怎么也说不出口。终于，紧抿的双唇微启，心声即将喷涌而出："我……"

"嘘，我的表演要开始了。"

一切未说完的话都被他打断吞入腹中，我知道，我不会再有机会说出这些话了……

"请让我听见你的掌声，尽情地，为我鼓掌吧……"

灯光依旧在闪烁，他依旧不停地在起舞。那一刻，我知道了，我永远也不可能带走他，我以为的世间最美好的事物并不是他所追寻的。因为他所追逐的光，也是困住他的枷锁……

现 / 实 / 关 / 怀

该隐的叛逃

夏雯婧

    一，二，三，事不过三。生生想到骑自行车会拨三下铃，吃冰棒会舔三口，门只敲三下。

    昨日难得放晴，风淡可小啜。鸽子从二楼窜飞，趁清晨遛着孙伯。孙伯在大叫，他怕它跳楼。生生张着嘴，好吞进今天杀菌的灰尘和阳光。自行车掠过鸽子。不要在我头上拉屎哦，孙伯很不讲理。生生拐过弯，在红绿灯前落脚。……三，二……踩上踏板。她讨厌对比色，蓝和黄，黑和白。

    对面有一个高竿男生低下头，被秋天压弯。现在很冷了，我会感冒吗？他和我是一个学校的吗？这样提问着，她擦过男生。他还是低着头。"早安。"生生默念。

    妈妈好像说过不能恋爱。生生想起十三岁被撕的信，加快脚蹬。孙伯给鸽子拔毛时送给她一片，在手心揉碎。到学校了，还差二十分钟，今天要考英语。

    "蒋生生，你吃辣条吗？"同桌拿着一包艳艳的红，往她手上割。她点头，咬出汁水要相视而笑。后座的小广播站发布今日特讯。"……被请家长了，男生被打了一瓜。"嬉嬉笑笑，乐乐呵呵。下节课是英语课。

    教室空出一个卧室，从五楼上可以俯瞰人群。谁和谁是异性，谁和谁陪幽灵。中午十一点半，生生一天内最喜欢的时刻。

坐窗边的同学在桌上贴满粉色的贴画，风鼓起生生的腮，她想象自己从水面叼起鱼。操场是绿的，水塘是绿的，一只白鹭起飞，像被球拍挽救。

她下楼去小卖部买了桶方便面。酸菜味。

放学铃打响，小留班的门只张了半口和无数眼。生生跳到栏杆前，数到第三只灰尾鸟为枝叶空隙缝补。"走吧。"小留推着她，像遇见填满汽水的货架。走到停车棚，总共五分钟，生生蹲下身打开车锁。"其实你不用每次都等我的，挺耽误你时间……"

"没事，不耽误的。"生生抬头，一粒笑窝与月同升。现在是十点四十八，她们有百分之九的可能第二天早上再见面。或许是当小留在扫楼梯，生生快要迟到时。"再见。"

骑到没路灯的墓园，生生需要下来推车。她打开小手电，偷取一片扇形的白日。偶尔有几只野猫踩着尾巴装鬼，生生看地面的自己，觉得异常可怜。孙伯家的灯仍吊着，灯在屋里不安地跌倒又爬起。无数只鸽子扑扇翅膀合音，被制成翻转的皮影。生生从第一阶开始数，数到三，只走了三个台阶。

今天是星期四，我的英语考了全班第一，全年级只有一个比我高的，只高零点五分。在淋浴的时候，她已经准备好晚安诵经。热水从发丝攀爬到乳沟，不怀好意地窥探。生生把湿发全撩到胸前。现在那是片适合瀑布的岩壁。隐秘而安全，像桃花源的入口。

两次听到脊骨断裂的声音时，她知道她的父母收摊了。他们往往边就零头争吵边将钥匙偏离插口，然后半蹲着认真插一次。曾琳走进女儿的卧室，问到今天如何。生生重复演练的台词。"我去给你泡杯牛奶。"床头柜残留白色疙瘩的杯子被拿走，曾琳没有理由再走进卧室。"晚安。"

第二天早上她果然迟到了，自行车等了三个红灯。小留背抵着楼梯拐角，仰头和上层的同伴说笑。她没有看见生生。同桌看见她了，扶起的书埋下揶揄。班主任没有说什么，对有成绩的学生他不知道说什么。现在离早读结束还有三十四分钟，她可以背十分钟的单词，十分钟的古诗和二十四分钟的文综。课间她的同桌要去厕所，生生起身，书垂死又复生。1875，1875，倒伏在纸上。

　　鸟群从来不在冷日休眠，她们热爱鼻呼的热气。生生起身向走廊，看见昨日的灰尾鸟被雨丝切割，最终走在树下，来来回回，像刚啄完虫的鸡。1875，1875，她默背，光绪元年。我如果能做皇帝，也同他一样。绪可以理解为开端和残余，这样的多义字总引起笑话。

　　小留在狭小的门里同一个男生打闹，她好像笑了，或是被外面的夕阳感染。"有人找你。"她停下笑，绯红冷下。生生倚在栏杆，向她解释晚上不能一同回去的理由。"……总之不好意思。"小留像昨晚被宽容一样宽容她。她们最后讲笑几句，算是体面的断绝。回班的路上，生生怀念初中一起分享的汽水，她第一次被发现拥有喜欢异性的冲动。是分享秘密的人，是秘密死亡的悼念者。

　　外面又开始下雨，断断续续。这样小的雨总让人想起锯木，摇摇摆摆很不干脆。书页倒转回封面，生生感到烦闷。她至少在某些决定上不犹疑，晚自习在远处开始时，她仍坐在校外的食摊。"不回去读书啊？"老板从人渐渐散后只关注她，眼神从左回右，从远处到这。他们在互相观察，生生想到这有些想笑。"我请假了。"她撒了谎，然后骑上自行车往家的方向去。她是个撒谎的优等生，常拿自己练手。一粒雨被尝到，她只记得回家的路了。

快骑到家门前,生生突然想到闲居的孙伯。他一定会告密,然后放一只鸽子庆祝。她往回骑,此时雨骤然加速加密,浇在她单薄的头顶,像恶劣的唾沫。去哪?她一遍遍问自己。逃去哪?她突然幻想这是场警匪片或者公路片,她拥有的只是一辆自行车。停在某个红灯路口,生生看见了,昨天早上见到的男生。他打着一把很大的红伞,足以罩下两个人。那把伞也将他折叠,或许他是为了旁边比较矮的女生。看来他和我不是一个学校。

他好像透过伞外看了她一眼,此刻她是只落汤鸡,头发像洗澡时绞成隐秘的崖壁,将桃花源割据在心里。不要靠近,谁都不要。生生骑上车,闯过生平第一个红灯。一辆本田险些与她相撞,但今天下暴雨,什么意外都会被理解。

她发力蹬着下肢,车轮正像新生的关节,替她以要跌倒的姿势在路间摇晃。前面一个路口是菜市场,她不是要过来讨钱。但看到紧锁的绣红的大门,生生知道她的父母提前收摊了。她感到一丝侥幸,然后就坐在昨天堆弃在地的烂菜叶上,将自己缩小成可亲的老鼠。世界被她放大到无限,大到有所匿藏,呼吸细小。她爬到自行车的后轮里翻滚,在无数寻找的呼喊与小腿间维持生存。

生生觉得现在有两个世界了。另一个世界有些乱套,那正是她最恐惧的。班主任会拉来无关的同桌,同桌会小声地埋怨嘟囔,嘟囔会被后方的小广播站听去衍生成闹剧,闹剧会越涨越大,最后被学校躁乱的气氛戳爆。戳爆的气球会像爸爸皱在一起的五官,他现在会不会正在疯狂地挂断电话?电话旁边的妈妈会像雨水,断断续续地大哭。他们不再为一分一毛大吵,而是沉默祈祷,或以拥抱和解。生生每次顶嘴时,都会划分成两个战营。同一战线的人有没有想过她才是故意的?那些善意只会被曲解成无限的本恶。她生来就是恶的，不懂事，不合群，不积极。生生曾养过一只兔子，不到一个星期便养死了。她没有流一滴眼泪。

真好，每个人都很好。其实她的多或少只是类似雨天，让人不安，但很快在习以为常中结束。走到一条陌生的街道时，生生突然想到，或许可以从头开始。另一个世界实在乱了套，没有任何修补的黏液。她和父母吵架，将门反锁。三下后门被菜刀砍开，飞溅的木屑像眼泪，一条一条深入的痕里有她碎裂的眼珠。数到二开门就好，但她像被注进雕塑，忘记二后面是三，三之前世界都能恢复原样。

一，二，三。她数数，一遍遍重复，好像只剩这三个数字。三减一等于二。

海底一厘米

邱子桐

当一个文学系的教授往往需要天赋,这是我的经验之谈。首先你需要阅读很多典籍,就像在建一座百层高的大厦前,必定要打好地基。其次你要有充沛的情感和领悟力,能够去体味作品所蕴含的一切意味,其间偶尔需要一些想象力。然后你要能说会道,最好多点幽默,能够让你的课堂和讲座吸引人,而幽默是最难习得的天赋之一。

我受在省图书馆工作的友人邀请,在省图书馆的讲厅里开办了一场讲座。讲座的内容有关主讲人凡尔纳的《海底两万里》。第一次看这本书是在我小学一年级,即使那时我字都不识得多少,但它在班级的书单上。母亲在买书方面最慷慨,当然,不包括漫画和幽默小说。

听众多数是被父母陪同的孩子们,听讲的人的年纪越小,主讲人要承担的责任越大。我为此面对镜子练习了十多遍讲演,我的语调如此欢快,比喻如此幽默,可这些到了现场,却都变作僵硬的微笑和深奥的无趣的文学知识。我看见有孩子在打瞌睡,也有的在说话,或者低头玩父母的手机。他们有的手里已经有一本《海底两万里》,是图书馆今日的促销书,它们大多数连塑封都还没拆完,被孩子们用手指甲抠出一道道痕迹。

讲厅里坐满了人,其中甚至有我的学生。我没有硬性要求他们参加，或者说，实际上我并不希冀他们来听讲。我对我自己的认知与他人对我的不算有偏差，一个连讲课都不受欢迎的教授，那讲座势必只会更枯燥。

但他们像参加班会一样进行了签到，我知道这是在向我索要分数，而我恰好对他们有所亏欠。我亏欠了他们时间，这是只能计量而无法计价的单位。但若是如了他们的愿，对没来参加我的讲座的学生又是件不公平的事情。

在这么多不认真听讲的孩子当中，我瞧见一个认真画画的孩子。他坐在第二排的正中，所以格外显眼。桌子上放着的是宣传单，上面印刷着大海和那艘鹦鹉螺号潜水艇，背面是我的半身照以及简介。我很少照相，那张半身照是我紧急在家中拍摄的。我上半身穿着笔挺的西装，下半身却是一条洗到发黄的白色睡裤。

在桌子上，还散落几根水彩笔，是红黄蓝绿这几种最常用的颜色。他用水彩笔在宣传单上涂色，也许是因为水彩笔没有颜料了，他很快又从书包里拿出了一排新的水彩笔。那艘鹦鹉螺号潜水艇被他用各色涂抹，早就不再是原先宣传单上的蓝色。

不知道是否因为他用的色彩太杂乱，我一时间无法辨别那艘潜水艇的颜色。说是蓝色但又绝对不是。但如果说是绿色，未免有些勉强。那么是偏向于黄色？绝对不可能！这令我想起小时候常玩的望远镜和万花筒，都是从一个小孔里去看一个五彩斑斓的世界，并且你绝无可能去细细分辨每一种色彩。

等我的思绪中断时，我才发觉自己已经沉默了一段时间，但这段时间究竟只是一瞬间的神游还是长时间的思考，我自己都不得而知。

我果断中止了讲座，理由是给听众们休息的时间。厅侧有零食桌，很多孩子涌向那里，糖果洒了一地。我看见那个孩子抓了一手的糖果,每吃一颗,他就用糖果纸折成某个小东西,像是某种小动物,或者是船,也有可能是最简单的纸飞机。

我从西装口袋里拿出一小块巧克力,那是我的女儿放进来的。我把巧克力放进嘴里,却咀嚼出一阵苦味。我看了包装袋,这是一块黑巧克力,怪不得女儿不愿意吃而给了我。

讲座结束的那一刻,我简直像刑满释放的罪犯。所以当友人提出让我再开办一次时,我明确表示不愿意当推石头的西西弗斯。友人在省图书馆工作,同时和一家有名的出版社有联系。他劝说我写一本书出版,可以是著作、论文或是讲稿。我自嘲并无才华与能力。于是他推荐我写一部自传,毕竟自传的撰写不需要学问或文学想象与技巧。

我回到家,女儿正在餐桌上写日记。这是她的二年级作业,全是记流水账。听见我打开门的声音,她的小脑袋抬起来望着我,我从西装口袋里掏出几块从零食桌上拿走的糖果和饼干。她小小地欢呼了一声,这也许是我从讲座中唯一的收获了。

我想起友人的建议。我对儿时的记忆甚少,日记恐怕是我唯一的凭据。但我连日记放在哪里都不记得。也许早就丢了,也许还积压在书房,或者可能我压根就没写过。

这个想法被我很快遗忘。直到周末我探望独居的母亲时,偶然提起日记这件事。我的母亲是一个健康的强势的人,她只有我这一个孩子,对我极其严格,但在老年却没有表现出依赖。我曾多次提出接她来和我一起住,但总是被拒绝。

我的母亲告诉我,我儿时被她要求写日记,让她不满意的是,我常常在日记本上涂鸦。有一次她大发雷霆,在责骂中撕掉了我的日记本,而我愤怒地离家出走,直到她在不远处的公园的小湖边找到我,我才不甘心地沉默地跟在她身后,并且坚持不与她并肩。从我记事以来，我极少忤逆过母亲，更别说离家出走。而这次愤怒的争吵已然被我遗忘。

在母亲的杂物间里，我找到了我的几本日记。上面写满了稚嫩的歪歪扭扭的字，还有褪了色的水彩笔的涂鸦。我甚至找到了一副没有损坏但满是灰尘的潜水镜。但事实上我并没有学过潜水。

我开始翻看我的日记。这是一件很奇妙的事情，仿佛在窥探另一个自己。里面记载了一些胡思乱想，比如，天空会不会下红雨之类的。如果是现在的我，就能轻易地回答小时候的问题。我会告诉他这是由于空气中有红色沙尘或其余物质，或者举例1819年比利时的布兰肯伯格地区的那场红雨。

我翻到一篇日记，跨页画上了一艘潜水艇。里面记叙了我第一次听过《海底两万里》这个故事后，想要当一个开潜水艇的船员的梦想。

在我七岁的时候，和其他的小孩子并不相像。我不喜欢和别人交谈，作业写得一塌糊涂，甚至走在路上的时候会不知危险地突然跑向河边。老师说我可能患有自闭症，建议我的父母带我去检查。检查结果显示我没有任何问题，但是我没有任何好转，所以检查结果并没有给我父母以安慰，反而让他们更加发愁。

这些事情是我的母亲在我长大后告诉我的，而我已经记不清楚了。但是我那样做的原因都记载在我的日记本的涂鸦上，可惜那段时间的父母忧心忡忡，没有心思去翻看我的日记。日记本里的记载是一个小孩子的叙述，由于满是错字、语序不通，即使是我自己，也花了很长时间才读明白：

我终日在脑海里幻想航行，上课的时候我却幻想在海底采珍珠，作业本被我用来画上航海地图，而与世隔绝的船员不适合与人交谈,所以我对他人视若无睹。河水是通向大海的,我妄图潜下去找到大海,这就是我危险的举动的原因。

日记本里写满了荒诞,就连我都无法理解儿时的自己,那是一个沉浸在自己的世界里的、难以被现实唤醒的孩子。

我一直往后翻阅,这些幻想中止于一个日期,那是我父亲去世的前一天。

我盯着那个日期,努力回忆父亲去世的那一天。儿时的幻想我忘得一干二净,但这件事情却像发生在昨日一样清晰。就像突然拉开闸门,呼啸的海浪冲塌我用沙建筑的高塔,露出地下最原始的岩石,上面记载着被掩埋的文字。

我醒悟过来,我的"病"在父亲突然去世后痊愈了。七岁的我对生死并没有深刻且明确的概念,但是我的父亲的去世给了我的母亲极大的打击。她不再对我有很大的耐心,面对一个与现实世界隔绝的儿子,她常常哭泣或是大发雷霆。有一次,她在愤怒之余,失手将我推倒在公园的喷泉池里。

那是我第一次真正意义的潜下水面。当我在水底下睁开眼睛的时候,我看见一艘潜水艇向我驶来。这对一直想要成为船员的我而言,理应是一次奇幻的冒险。但窒息的陌生感让我感到害怕,挣扎着想要避开,呛了好几口水。等我再次醒来时,我躺在医院里,眼前只有白色的床单和被子。我很好奇那艘潜水艇怎么样了,甚至后悔为什么我要因为害怕而躲避,那也许是我成为潜水艇船员的机会,失不再来。

现在的我证实了这个永不实现的幻想,我不是一个潜水艇船员,甚至我工作的城市在内陆,这里没有可以容纳一艘潜水艇的海洋或江流。我只是一个兢兢业业的大学老师,每天在烦恼我的论文和职称,用枯燥乏味的语言讲述一部曾经让我信以为真的幻想文学。

那时的我从医院回到家后，母亲立即发现了我的不一样。我会主动和她讲话，会集中注意力做作业，并且对水敬而远之。当潜水艇再也没有在我的脑海里潜行后，我开始变得"正常"，这令我的母亲喜出望外。

我把这些日记和找到的那副潜水镜带出了杂物间。为母亲做了一顿晚餐。母亲的肠胃不好，只能喝白粥，所以每次我会陪她一起喝。晚饭的时候很安静，我们母子之间的话不多。我吃饱后，会沉默地等待，然后把碗筷收拾干净后再离开。

我们之间拥有一种沉默的默契，这是多年来形成的最和平的相处方式。

我的日记里记载的事情很有趣，如果写成自传，应该不会太枯燥。但是每当我翻看时，总感到在窥探另一个人的世界。现在的我早就无法再在脑海里看见那艘潜水艇。

我面对空白的文档，敲下字然后又删除，如此重复了五六遍后，我只好先去泡个澡放松一下。

那副潜水镜被我洗干净了，我在泡澡时尝试戴上它然后潜下水。当我的眼睛完全浸在水里后，我能察觉到我离水面很近，因为我的额头依旧暴露在空气中。但是眼前只有我自己裸露的身体，除此之外一无所有。儿时的我所拥有的那艘潜水艇，究竟长什么样，我无法复现，但我猜想，也许就如同凡尔纳描写的那艘鹦鹉螺号。我开始回想凡尔纳对鹦鹉螺号的描述，但这些描述无法成为构成那艘潜水艇的线条和涂料，只是皱巴巴地记录在我脑子里的文字符号。

我想起我白天的那场讲座，我怎么能把一个如此奇妙的故事讲得这么僵硬无趣？我感到羞耻，懊恼自己竟然毫无自知之明地接受友人的邀请。我决定明天一定要拒绝友人写自传的提议。

然后，我把脑袋抬起来，摘下潜水镜，从浴缸里走出来，再次坐在了电脑桌前，记录下了这一篇文章。

我的桌上放着被我折成四叠后放在口袋里带回来的那张宣传单，四分之一的宣传单上印着"海底"两个字，所以我用了"海底一厘米"这个题目。

海底两万里，有冒险家和鹦鹉螺号，海底一厘米，只有一个大学老师和他的潜水镜。

大红灯笼高高挂

杨凯博

2017 年 12 月 4 日

凌乱的叫骂声让范大寨再次想起四十年前的那一天。

大寨家房子前天刚盖完顶,红褐色的砖墙裸露着,大门上方一左一右两个纸糊的红灯笼挂在那里一动不动。

尽管隔壁杨国伯家里儿子媳妇五口人都在不住地吆喝,但大寨媳妇一个人的叫骂几乎可以盖住老国子家五支声音。

按媳妇的意思,大寨家新宅子比老国子家房子高了二尺三。汝镇的习俗,邻里之间房子高低不能差过二尺。老国子早上吃了饭,走出家门抬头一望,觉得有些不对劲,扛了梯子爬上房去,一量果然不对头,喊着还端着饭碗的大儿媳妇,儿媳妇一出门便对着大寨死去的娘破口大骂。

大寨这时候正在还没来得及翻修的厕所里蹲着,大民拍着厕所的门叫着他,喊他出去。媳妇的反应总是比他快,于是大寨媳妇和老国子家大儿媳妇站在家门口骂了起来。

来不及冷静,大寨提起裤子,走了出去。

1960 年 10 月 5 日

倩儿捉着镢头,试图在往年村里种红薯的地里挖出些什么东西,尽管谁都知道,这被翻过无数遍的褐色泥土里,连一根完整的野草根都再难找到，她的腿像娘的胳膊一样开始越来越粗，用指头一压就是个坑。她的肚子像是要把身体挖出一个洞来，好让肠子流进去，使扁平的肚皮不再腐蚀身体。

她终于累了，坐在光秃的田埂上。

五天之后，倩儿就二十岁了，离死只剩下一年了，两个月前，二十一岁的三哥饿死了。记不得上一回吃东西是什么时候了，三哥死了被埋进土里，埋进土里就不饿了吧。

三天之后的早上，倩儿被敲门声惊醒了。

差两天满二十岁的倩儿嫁到了河对岸，成了范虎的媳妇。倩儿穿着不很新的红袄，坐在书记家的自行车上，被大哥载着送到了范虎家。范家不太高的门楣后面，挂着一对贴着红纸的灯笼。这便是对倩儿到来的唯一表示了。倩儿看着范虎，便对他有一种说不出来的厌恶，一个男人，身量还没有她长，说是只比自己大一岁，可怎么看一脸褶子的范虎也不像自己死去的三哥那样年轻俊朗。

后来倩儿才知道，婆婆做主用二十斤红薯干使倩儿成了她儿子的媳妇。后来婆婆给倩儿脸色看时，总要说"二十斤红薯喂了猪，还能多杀几斤肉"。倩儿却想着，二十斤红薯干根本不是二十斤红薯，命都没了，婆婆还想着喂猪，谁家还会有猪给她喂。

两个月后，倩儿发现自己身上没有来，她记得娘叮嘱她的话，等啊等，又过了一个月，在一阵恶心之后，她惊恐而又兴奋地告诉婆婆，她有了。

婆婆并没有很高兴，反而有些厌恶，婆婆告诉她，现在不能留孩子，留了也养不活，大人的口粮还不够，哪里能省一口饭给她奶孩子。倩儿想，或许婆婆真应该拿二十斤红薯干去喂猪。

婆婆讨来些落胎药让她吃。

婆婆数落她做活不利索,她没有哭;公公埋怨她做饭没味道,她没有哭;婆婆骂她娘,她没有哭;现在,她一手捂着肚子,一手拿着药片,却哭出来了。

1970 年 4 月 16 日

这已经是倩儿第三次经历分娩了。

第一次,倩儿在疼痛和慌乱中坐在撒了香灰的席子上,婆婆破天荒地给她烧了热水,她哭天喊地地生下了大儿子大庆。

第二次,倩儿不再慌乱,可剧痛依然让她在分娩后虚脱到不省人事。第二胎也是个男孩,爷爷给小孙子取名叫大寨。

第三次分娩,婆婆发了高烧,下不来床。当倩儿下腹发出刺痛时,她大叫着让丈夫去喊婆婆,婆婆大叫着让儿子去喊经历了两次分娩的杨国婶。

当杨国婶冲进倩儿的产房时,倩儿已经在席上洒满积攒了三个月的香灰。

就这样,范虎的第三个儿子,范老太的第三个孙子,范大民出世了。

范家的门前,挂起了一对刻着金字的红灯笼。

1977 年 7 月 7 日

范大寨将会永远记住这一天,范大民也会永远记住这一天。

范大寨今年迎来了他的第一个本命年。他还从未亲眼见证过死亡,爷爷死在自家的床上,那时的他还只是个咿呀学语的孩子,或者爷爷死的时候他在爷爷床前,他记不得了,也想不起来。奶奶是在他记事之后死的,但奶奶死在去往镇上医院的路上,他只记得被父亲拖着跪在冰凉的奶奶身前哭,记得奶奶被塞进涂着乌黑油漆的棺材里，记得奶奶下葬那天吃的热气腾腾的肉汤泡着冰冰的窝头。

十二岁的范大寨牵着七岁的范大民，被十三岁的范大庆带领着往东边的河走去。

正午的太阳把裸露的脊梁晒得黑红，范大民被两个哥哥脱得一丝不挂，拉扯着往河里走去。范大民的脚碰到冰冷的河水，便不由自主地往前迈去。

三个赤裸的孩童泡在水里，都只露一个头在外面，调皮的大民撩起一摊水，冲着两个哥哥叫起来，大庆和大寨笑着大喊，要把大民拉到河中间水深的地方淹死，大民害怕了，胳膊不再抖动，嘴巴不再叫喊。大庆和大寨拉着大民的胳膊，往河中间走去。

大民开始哭号，滚烫的液体从他的两腿之间流出，大庆撒手了，大寨还在继续，大民空出来一只手，开始不断朝大寨撩水，大寨被河水冲得睁不开眼，一脚踩到石头上，拉着大民朝身后倒去。

大庆被这突如其来的瞬间吓到了，他看到大民像狗一样，四肢都扎在水里，不停地搅动，大庆伸出手来，他抓住了大民的脚，可那脚却像一条垂死挣扎的鱼，拼命想挣脱他的手。大寨躺进河里的一瞬间，吓得身体僵住了，耳朵、鼻子、嘴巴里全都灌了水，他想把喉咙里的水咳出来，可一张嘴只有更多的水进来。

大寨在水里翻滚了好一阵，终于翻过身，站了起来，他看到大民一动不动地半悬在水里，大庆正试图把他拉出水面。

2017年12月4日

大寨听着媳妇和杨国伯家五口人的骂声。他想起四十年前那一天，在他和大庆把大民淹死之后，他们俩被娘用麻绳捆在树上，娘一边骂，一边用麻绳抽打，爹只是不停用绳子打，力气却没有娘的大。大概是娘打累了，他们俩被留在了树上。

第二天，范虎把绑着大寨和大庆的麻绳解开了。

倩儿看到丈夫领着两个儿子进了门，把丈夫臭骂了一通，又骂了骂自己死去的婆婆，抱着两个儿子失声痛哭。

支书出面，拉着大寨媳妇和老杨国，扯了一天一夜，最后商量大寨家给老杨国家拿三万块钱，这高出来的三寸就再没有被谈起了。

三个月后，大寨家的新房终于盖起了，大门上用瓷砖贴着"家和万事兴"五个金色的字，一对雕饰着金童玉女的大红灯笼，在崭新的红铁门前散着光。

范虎那破旧不堪的铺盖被大寨媳妇抛到门外，范虎拄着一根不很直的棍子，拖着瘸腿，站在崭新的大铁门前，听着儿媳妇的破口大骂。

大寨这时候蹲在崭新的厕所里，洁白的地砖散着光，令他更加手足无措。他想，这一辈子唯一的错就是淹死了大民吧，这时候，大庆又拍着厕所的门，大叫着让大寨去把爹的铺盖卷拿回来，让他管教管教自己的媳妇。

1977 年 7 月 17 日

大民已经被埋进土里三天了。

当大寨准备吹了灯躺上床时，他突然看到大民一动不动站在屋门口。

大寨大叫一声，他看到死了的人，他看到被埋进土里的人，他看到鬼了，大民是要来报仇吧。

已经躺下的大庆被大寨的叫声惊醒，听着大寨的叫嚷，大庆发现他并没有看到二弟口中三弟的魂。闻声而来的倩儿和范虎走了进来，范虎一推门，倩儿就看到小儿子站在门前，一动也不动，一句话也不说。

范虎和大庆一样，什么也看不到。

这天晚上，范家一家四口挤在范虎和倩儿的屋子，挨到了天亮，大庆并不觉得害怕，只是娘和大寨的反应让他莫名其妙。

倩儿决定去找西山庙里的和尚们，来家里念一念经，做一做法。

1990年6月6日

范大庆站在新房子上房门口，正等待着他的新娘子走出来，和他一起相拥着给院里喧闹的宾客们敬酒。

范家老宅又挂起了一对红灯笼，灯笼上雕的是龙凤呈祥，大门上贴的是百年好合。

只是范大庆知道，他这辈子再也不会踏进家里老宅一步了。自从大民被他和大寨淹死之后，娘和大寨都疯了，非说自己看得到死了的大民，娘变得神神道道，跟着西山的和尚学唱经，还去给要死的人叫魂，大寨没有变得神神道道，只是越来越木然了，一整天只知道吃饭做活睡觉，越来越少说话了。

范大庆二十岁那年决定出去揽活，去镇上揽活，去县上揽活，到酒店里做服务员，到工地上和水泥，到南山的矿里下煤窑。五年了，他五年没有回家，倩儿每天都忙着念经，给死了人的人家哭丧，给要死人的人家叫魂，也顾不得儿子去了哪里。

后来，范大庆始终觉得这辈子干过最苦的活就是在南山下煤窑，工钱给得比酒店多，活自然也要苦得多。一个月要三班倒，他这样的单身汉，只能去吃油水不多的大锅饭。一个月破一回戒吃一顿猪头肉，也破一回戒到镇上旅社搂着姑娘睡一觉。

五年了，范大庆终于攒够了盖房子娶媳妇的钱。发了工钱的那一天，他在镇上吃了猪头肉，没有去旅社睡觉，就直接回了村子里。

范大庆要盖新房了，他自己就是自己的包工头。在工地做活的时候，他一直谋算着自己的房子要多少石头，多少沙，多少青砖，多少灰。他要盖出来全村最气派的一处宅子，他要学着县城的人们，把院墙用瓷砖贴得满满当当。

倩儿知道大庆要娶媳妇了，张罗着要给他拿两千块钱，大庆不肯要，他决心自己的新房子不能有死去的大民半点的痕迹。

大庆就睡在新房子地基上，他给自己搭了一个棚，每天忙得死去活来，似乎死去活来之后，可以永远远离疯了的娘和疯了的大寨。

1993年4月3日

每当听到倩儿和大寨跟不存在的大民说话，大寨媳妇就要破口大骂，把范家的祖宗从头到脚骂一个遍，她始终觉得，只有自己狠起来，恶起来，那死去的小叔子在范家就再抬不起头，她甚至在某个夜晚蹲到小叔子的坟上，企图用温热的尿液冲散大民那不愿离家的游魂。

范虎越来越老了，倩儿也越来越老了，他们的日子越来越难过了，儿媳妇要大寨把发的工钱都给她。自从范虎娘死了之后，倩儿就没下过地，地里打下来粮食，儿媳妇就只给倩儿老两口撇下刚好饿不死他们的那点。倩儿除了叫魂哭丧，开始出门捡破烂了，清明节和二月二时候，她也叠些元宝，买些香烛到八仙庙门口卖去。

倩儿做了一个梦。

大民领着她往河边刚开的烧砖窑走去，她看到范虎在那里给砖窑堵窑眼,她看到范虎的一条腿陷进了窑眼里,那条腿在燃烧,范虎的表情十分痛苦,她看到范虎一瘸一拐地走回家。

倩儿醒了,她开始不停地对范虎说,他们没钱买油了,他们没钱买菜了,他们没钱买肉了,她让范虎去砖窑找下堵窑眼的活。

范虎去了,他并不知道自己多少岁了,娘和爹从来没有告诉过他,但他觉得,他绝对不会只比倩儿大一岁,毕竟,他已经那样老了。

范虎已经不大记得,他的腿是怎么陷进窑眼里去的,他只记得一条腿踩了进去,他感受到腿在燃烧,裤子在燃烧,他拼命把腿往外扯,旁边的人拼命把他往外扯。他的腿折了,他被抬着回到了家,他躺在院子里呻吟,儿媳妇气汹汹地走出来,满脸厌恶地看着他。

原来倩儿并不打算给自己治腿.范虎躺在破烂的席子上,呻吟着,流着汗,他想起大民被淹死那天,他拿着绳子抽打着树上的两个儿子,炙热的太阳使他气喘吁吁,后背不断地冒汗,他看着倩儿打得那样狠,于是他也始终不能停下来。

砖窑给范虎的一条腿赔了一千块钱,范虎是在床上躺了三个月之后,拄着一根歪木棍走在街上才听说的,本来砖窑只打算赔五百块,儿媳妇走到老板屋门前闹了半天,于是他的腿就贵了一倍。这一千块钱一半归了倩儿,一半归了儿媳妇。

2015年5月31日

今天是范老太进县城的一天,村子里已经没有人叫她倩儿了,也没人叫她大寨娘,人们都叫她范老太。范老太每个月最后一天要借老杨国家的手推车,把自己攒了一个月的瓶子旧书纸箱送到县城南边的废品中心,县城废品中心瓶子的价钱总是比镇上高两三毛。有时候攒得少，就要两个月去一次。她总是一大早给范老头烧好了汤，自己喝上一碗，带上个馒头就走了。每次从县城回来，她都要给她们俩割半斤肉，给范老头买一盒好烟，说是好烟，不过是最廉价的，两块钱一盒的散花，不过与范老头自己卷的纸烟棒子相比，也算是好烟了。

范老太用布把一张崭新的绿色五十元包好，放在自己胸前的布兜里。她走过超市，老板递给她一盒烟，她递给老板钱，这是他们俩将近十年的默契，两个人谁都不用说话。

人们都说范老太是死在去医院的路上的，可后来又有人说范老太到了医院超市老板还给范老太掏了钱进急诊室呢，于是大家每天茶余饭后都争论不休，但是谁也没敢确定，范老太到底是什么时候死的。

小店老板看到范老太接过找的零钱，还没来得及放进胸前的布兜里，就倒在了地上，嘴里往外涌着血，老板喊着不省人事的范老太，当范老太被抬进县医院病房里时，手里还紧紧握着一把被血染红的钱。

大寨媳妇接到从医院打来的电话之后，不慌不忙地叫上大寨，坐上了进县城的车。

一路上，大寨媳妇想的是范老太一条命值多少钱，大寨想的是，老娘的葬礼要花多少钱。

医生告诉他们，范老太肺里长了一个大瘤子，大到连医生都吃惊，人身体里居然能长出这样大的肉瘤。这一消息使大寨媳妇的愿望落了空，她原想，说不定老太的死还要超市老板赔钱，现在倒是他们要给超市老板掏钱说好话了。

2015年6月3日

范老头吸着带血的散花，站在空荡的棺材前，心里暗暗骂着倩儿,骂着范老太,骂着几十年没有来往的大庆,骂着和自己一样无能的大寨,骂着大寨媳妇,甚至还骂了早已死去的大民。他看到,大民和大寨两个人站在大门口,把一对蒙着白纸的灯笼挂了上去,他觉得眼睛花了,走出去,眼前就是大民,大民长高了,长壮实了,死了的大民原来真的一直都留在家里没肯走。

范老头的日子更加难过了,从前一个月还能吸一包纸烟,现在一天三顿饭油水都少得可怜。他总觉得范老太应该在哪里存了钱,几次把屋子里东西翻烂了也什么都没找到。

2018年4月16日

范虎刚喝完早上的粥,大寨媳妇就一脸得意地冲他发作。

"爹唉,不是媳妇我不留恁住,打我嫁过来,恁在俺家住了二十多年了,老房子是恁二老盖的,新房子可全是我跟大寨俺俩盖起的,如今俺们新房子盖起来了,恁还是去大哥家住几天再回来吧。"

紧跟着破旧的铺盖被扔出来的,还有范老太没来得及卖出去的几捆香和两沓冥币,范老头拖着铺盖卷,似乎在等待着儿子从家里走出来,把他拉回去,可他马上就听到儿媳妇震天响的骂声,这个婊子又在骂范家的祖宗了。

范老头拄着棍子,走到大庆家门前,大庆媳妇看见他,连忙把大门关得紧紧的。

不知过了多少天,范老头躺在村子北边的机井房里,破烂的红褥子盖在身上,他摸摸自己的腿,那样粗,又那样软,一按就是个坑,就像他成亲那晚倩儿的腿。他握着那两沓冥币,想着到了阴世去,倩儿八成要听他的话了,打倩儿死了就没人给她烧钱,倩儿现在在地府也要饿死了吧,嘿嘿,他可要握紧了这两沓子钱,嘿嘿。

或许等到该浇麦子的时候,人们会发现范老头早已腐烂的尸体,但谁都不会知道,在那个倩儿用她的红袄子改的红褥子里面,缝着她攒下来的一张又一张钱,加起来有两万块那么多的钱。

东北民谣

于弋洋

他搓了搓手,向冻得通红的手哈了哈气,紧了紧厚实却阻挡不了凛冽北风的军大衣,在雪地里一个人走着。那是个大年夜,鞭炮声不知疲倦地在他的耳边萦绕。但是那声音只是隐隐约约,从未出现在他的身边。那声音是属于远方的。

他脚下是鞭炮积成的满地红屑,当然,还有碎屑下厚厚的雪;可有的地方被踩实了,有的却没有;路灯太暗,雪太大,他看不太清;只得一脚深一脚浅,摇摇晃晃、跟跟跄跄。远处星星点点的红灯笼没有给他任何温暖的慰藉。他渴望灯笼背后的阖家团圆欢声笑语,他渴望真正的亲情真正的爱,可那些好像从未属于过他,甚至在刚刚,他似乎还残忍地将爱撕碎。

那被吹得摇曳不止的红灯笼多像她的头花哇。

她是他的前桌。他有小聪明却不爱学习,喜欢调皮捣蛋,常拽前排姑娘扎着红头绳的小辫子。小姑娘常生他的气,可谁又知道那个爱生气的小姑娘成了他爱的人呢。

他是个正直的人,可是正直得有些蠢了,喜欢她也不明说。直到两个人像身边人一样,早早地放弃学业上了班。从此,那上学时的冤家就总约她出去玩,也经常去她家找她,来了总是带各种礼物。她何尝不明白,但几番思量也只觉得他傻得可爱,却说不上爱。于是总躲着他。她从别人那里听说因为自己不接他的电话，他发了高烧。她的心太软，虽怀疑是不是装出来给自己看的，还是给他打了电话。听着他含着鼻音的欢快语气，她承认，她投降了。

她早就听说他要去南方闯荡，但是到了真正说的那一天，她哭得眼泪鼻涕流了一脸，情绪激动得一点也不是像那个总是噙着淡淡微笑低垂睫毛的她。

"我愿意和你一起吃苦，求你，别抛下我一个人。"

他也像是要哭了那样红了眼睛，泪却没有滴落。

她看着他很勉强地挤出微笑："你好好在家等着我，明年过年我就回来娶你。"

或许是那时的他太年轻，还不懂她究竟要的是什么。

一向羞涩的她扑向了他，狠狠地抱着，像是要把他揉碎进身体里，"不走不行吗？"

她记起他说着要她相信他，他会给他们一个家，会给她幸福。曾经的他是厂子里最能干最正派的技术工人，他看着周围的人学着放浪形骸，觉得那践踏了他心中的底线。他喜欢有规律的生活和文静羞涩的她。他甚至还想着，等过几年师父把主要工作都给了他，自己再娶了她，两个人生一个可爱的孩子，安安稳稳过上一辈子就圆满了。

他爱她，想永远和她在一起，但他不能让她跟着自己吃咸菜喝稀粥。他是在叔叔家长大的，早已成年，跟着叔叔上了班却又一起下了岗的自己又怎么好让有着妻儿的叔叔养着呢？他试着去找工作，但是在那样的环境下，又有几份工作可以找呢？他愿意吃苦，但是真正的苦不是风吹日晒，不是地位低下受人嘲笑，是根本看不到未来的一丁点希望。因此他根本不敢给自己与她的未来许下任何废纸般的诺言。他看着笙歌鼎沸与萧索衰败并存、日新月异的世界，第一次深深地质疑自己。

他说着让她等自己，可是谁又不明白，这就是永别了。

她怨他，她想知道自己在他心里到底是什么位置，他是自欺欺人还是不爱自己了。可是她看着他挂霜的眼睫毛，看着那里面似乎也有泪花闪动的眼睛，看着那红得透明的鼻子；在两人呼出的氤氲的气息中，她落下了两人之间的最后一滴泪。

"你走吧。"

她说完都不敢看着对方，转头便走。可她不知道期待着什么，又回过身——

大年夜半夜，街上无人，头顶无月。只有昏黄的灯光下越发明显的铺天盖地的雪花和雪花覆盖下几近隐形的、佝偻在墙边的煤堆。他踽踽独行，头发早已被雪染白，像是一个人走完了一辈子。

她笑着说着，这就是妈妈的爱情故事。你知道吗？在那里，冬天下的雪大到可以把门埋上，推都推不动；在那里，冬天只有光秃秃的树杈，连梅花都没有。而这里，等不到冬天，只不过同样再也等不到他了。

后记：他一路南下，发现自己在工厂里学会的那一点本事根本算不得什么技术。于是，他只能在无名角落慢慢腐烂，他第一次改变自己按部就班的生活果然获得了意料之中的出师不利。他最终也没有发财，更没有回家，对像她那样羞涩的姑娘甚至不敢多看一眼。

据说他四十岁的时候娶了一位泼辣的太太，别人都说他们很般配很幸福。

猫猫狗狗

肖云翰

一

洪家大山谷里有块坪，山上老人把它叫作起义坪，在一百多年前曾是个练兵的操场，起义军就在这舞枪弄棒。也许是这名字听着唬人，几年前这坪就挖了做了水库，横在旧址上的只剩下一条堤坝。老张就喜欢在这水库钓鱼，因为水库里的鱼比塘里的鱼更难钓，个头也大，老张就在这消遣了无数个下午。老张婆婆对此却很不满意，因为水库里淹死过人，是山腰上阿婆家的媳妇，本来精神就有问题，丈夫打工，孩子上学，婆婆一没看住，人就没了。老人家对此都是讳莫如深，老张倒是满不在乎，时间久了，老张和住得离水库最近的阿婆倒是熟络了很多。阿婆正和老张婆婆在堤坝上歇脚，聊起了家常话。一旁的瘸腿大狗静静地立着，望着水库里泛绿的湖光。

"伯奶奶好！"老张的儿子奔伢子腼腆地向阿婆问好，嘴里哼哧哼哧地呼气。

"又在散步呀！"阿婆应答。

"减肥！不减不行嘞！"老张婆婆抱怨说。

一旁的瘸腿大狗一下收回了目光，兴奋地向黝黑的胖男孩跑去，目标却是其身后的一条棕黄毛色的土狗。两只狗，一大

一小闹作一团,男孩儿却越走越远,直到樟树叶子遮掩了男孩儿的大半身形,才听到一阵叫喊:

"黄鼠狼!"

男孩儿的声音大到传到了山头的另一端,但两只狗都没有应答,奔伢子啐了一口:"没良心的。"脚步并不停下,只是没好气地拨开横生到路上的冬茅草,依旧哼哧哼哧地向山下走去。

那只棕黄色的被唤作黄鼠狼的母狗,当然不是真正的黄鼠狼,也不是因为给它取名的老张认不出黄鼠狼和狗的差异,用老张的话来说,只是因为它"贼眉鼠眼",一般来说,乡下给自家看门狗取的名字总要讨个好彩头,但黄鼠狼来历非同寻常,它本是一条吃百家饭的野狗,但老张很欢喜它,喂了几次剩饭后,它也就赖着不走了。老张婆婆很嫌弃它,比起阿婆的瘸腿大狗,黄鼠狼完全是不合格的看门狗,它见人就黏,舔过皮鞋西装裤脚,舔过拖鞋,舔过运动鞋和鞋带子。不过婆婆也不赶它,任它赖在那里,久而久之也就如此了。

"跳操,喊,我才不信跳操有什么用。"奔伢子嘴里依旧嘟囔着,又像是想起了什么,本来有些松垮的身体又紧绷起来,一路小跑向山下跑去。拐过一个林荫的弯道,一道身影嗖地窜到男孩儿身前,又开始放缓了脚步。

"黄鼠狼,来摸摸!"奔伢子蹲下身子,把手伸向那团棕黄色的绒毛,黄鼠狼也昂起头享受抚摸。男孩儿不紧不慢地走着,有时黄狗小跑到前头,有时钻到林子里,在某个时刻又从男孩儿前方窜出来,也不回头,只是兀自在前头领路。一人一狗就这么在大夏天里徜徉,洪家大山的夏天总是清爽些,微风拂过就如同山路边野生的桃果一样青涩,有种被透明绒毛挑逗的摩挲感。最后走到山脚,本来还可以往前走几里,但有条不知谁家的看门狗,总是横卧在马路中央,一看着男孩儿就吠叫个不停，黄鼠狼也夹着尾巴躲在后面。奔伢子大可以看到乡下的狗就蹲下，吃过痛的土狗就知道要挨石子丢了，他却不想欺负这土狗，也有些许怄气黄鼠狼的软糯劲，便干脆在这返程。爬到堤坝，看到瘸腿大狗，黄鼠狼又摇尾乞怜，把男孩儿抛在身后了。

奔伢子度过了半月这样的时光，每到晚饭后，他就会和外婆带上黄鼠狼下山散步，行到半路水库前，就唤上阿婆和瘸腿大狗一起，再走到了堤坝上，便由奔伢子独自完成后面的路程，到了山脚听了狗叫返程，天天如此。本来这个队列里还有老张媳妇阿银，但阿银迷上了健美操，每天七点跟着手机直播间里的浓妆健身教练练操，所以只在头三天陪伴着男孩儿，倒是黄狗显得更加着调。

实际上对于散步，奔伢子是相当抗拒的，但就像往常一样，男孩儿最后都只能在紧张的沉默气氛中妥协，毕竟他总是找不到合适的理由。奔伢子捏了捏自己的赘肉和侧腹，他都找不到理由说服自己，说服大人也就无从说起。

二

阿婆一个人住在偌大的房里，多数时候也就是一个人在家过日子。从某个角度来说，老张陪阿婆嗑家常的日子比阿婆儿子还多，但陪阿婆最久的还是阿婆养的瘸腿大狗。乡下和城里总是不一样，乡下田多树多牲畜多，城里人多车多麻烦多。乡下人养猫、养狗、养猪、养牛、养羊、养鸡鸭鱼鹅……这些牲畜有的价高费神，有的便宜好养，大概就是彼此间的全部差别。自奔伢子懂事起，阿婆身边就有这条白毛瘸腿大狗。也许是阿婆的大狗叨了谁家的鸡，就被谁家主人笤帚打瘸了右前腿，也许是阿婆自己发毛，打断了大狗的狗腿。奔伢子对大狗瘸腿的悲惨历史不甚了解，没准大狗只是自己摔断了腿也说不定。每每看到大狗蜷缩的趴窝的右前腿，奔伢子就会想起超市里包装的皱巴巴的"凤爪"，奔伢子又觉得，瘸掉的腿切不切掉都是一样的，也不会让大狗变得更不起眼或是更瞩目些，有些事就是无法改变，只是不知道耷拉着瘸腿会不会勾起大狗的伤心事？至少看起来大狗没有心思想瘸腿的事，大狗除了阿婆谁也不亲，但它认人，的确是条优秀的看门狗，它也一直并且将来也会是一直做一条优秀的看门狗。

奔伢子爷爷去世前，老张婆婆总是很可怜阿婆，老拿她儿媳妇和别人碎嘴子说事，手里的蒲扇摇得把唾沫星子扇得满天飞，每次见阿婆则是敬而远之，老张婆婆就会把蒲扇放到胸口，面无表情，看上去像个菩萨。老伴过世后，老张婆婆反倒和阿婆走得近了，两个老人最喜欢自己的孙子辈，谁家孙子又有什么喜事老人这里总是门清。除了这一点外，老张婆婆最大的变化就是养狗。以前老张婆婆养的是猫，一只狸花养得滚肥，叫婆婆打了几次长了教训后，这猫就再也不亲人了。奔伢子读高中的时候回老家见了这狸花猫，兴奋得直打滚：

"好可爱的小猫！好可爱的小猫！"

"伯伯家的猫产了四个崽子，都送人了，给了我一只。"老张婆婆见孙子高兴，自己也乐得合不拢嘴，把废弃的锅炉捅了灰，用火钳夹着铺了层废报纸和干草，狸花就睡在里头。

"你呀好好读书，明年考个好大学，回来看，这猫就长大啦！"老张婆婆把火钳插在炉灰里，望着孙子说道。

那年看春晚，老张阿银都上房睡觉去了，老张婆婆也睡了，就剩奔伢子一个人守着等小品，狸花却闹腾着，爬上了竹椅，贴着奔伢子的大腿就开始打呼呼。一直到奔伢子看完了春晚打算睡觉，才发现卧在身边的小猫。男孩儿小心翼翼地起身，蹑手蹑脚地关了电，看了眼猫就睡觉去了。到了高考后放假，奔伢子回来，狸花的确如婆婆说的长大了很多，但也完全不认识男孩儿，见谁都躲起五六米。奔伢子问婆婆："猫叫什么名字？"

"咪咪。"老张婆婆倚着门框嗑着瓜子说。

后来老伴走了，老张婆婆离开了旧宅却没有把咪咪带上洪家大山，一方面是咪咪也不听她的话，另一方面婆婆也不想带，只是往咪咪的碗里放了半斤草鱼。咪咪总是出去三五天，回来一两天，没有人知道它做什么去了，反正它不抓鸡不叼鸭，不会惹麻烦就足够了。有一次咪咪叼着老鼠回来，奔伢子很兴奋，婆婆还在树墩子上切萝卜菜叶子喂鸡，男孩儿都要扯着她去看。还有一次咪咪叼着青蛙回来，婆婆放下了切着的莴笋叶子，踢开了抢食的鸡群，进屋扯着奔伢子去看。老鼠最后被咪咪藏了起来，青蛙则是被鸡群抢去扯了个稀烂。住到洪家大山上去后，老张婆婆还是保留着每周回一次山下旧宅的习惯，踩着来回四个钟头的步程，一是给老伴上香，一则是给咪咪带剩饭剩菜。

为了养狗，老张婆婆专门挑了黄鼠狼产的小奶狗，老张婆婆打算像咪咪一样从小养大，这样好认人，而且她也不可能直接养黄鼠狼，毕竟老张婆婆很嫌弃它。奔伢子觉得，婆婆一定是羡慕阿婆的大狗，想要一只靠得住的看门狗，不然她没理由嫌弃可爱温驯的黄鼠狼的，她要是真不喜欢黄鼠狼，为什么又挑了它的崽呢？男孩儿这么认为是有根据的，在他哼哧哼哧的时候，阿婆在堤上对老张婆婆说：

"我爱孙到县政府里上班去啦，前两天还打电话给我报平安嘞！"

第二天晚饭时男孩儿又听见老张婆婆放下筷子说：

"阿婆的孙子到县政府里上班去啦，她孙子打电话告诉她的嘞!"

阿银就回她说:"哪有那么易得,他爹托关系才进的嘞!"奔伢子拌了两口饭,装作什么也没听见。

小奶狗生下没几天,老张婆婆就给小狗取名叫平安。平安的毛爹开得像是鸡毛掸子,脏得像是杂物间里的拖把,每次喂饭给平安,老张婆婆都要挥手对黄鼠狼大喊:

"出去,你个畜生!"

然后把剩菜倾给平安,倒完就站着看。多了几次黄鼠狼也知道,它这个当妈的没的吃,婆婆总是防着它。但平安总是吃得畏首畏尾,吃一口就往后跳,看人有动作,作势就要跑开,老张婆婆又会接着骂:

"没用的玩意儿,谁养的你都不认得!"

奔伢子听完总是耳根子红,他觉得这话没有含沙射影,但是他又觉得怪不好意思。像这样的喂饭场景多了,老张就叫平安作"哈的拢"或"蠢得死",老张觉得这名字取得很好,每次老张唤小狗这诨号就像他叫黄鼠狼一样开心。

三

这个夏天过得和以往一样平淡,但不快速也不漫长,只是这样的日子不跳着来看,总是显得乏善可陈。奔伢子的哼哧哼哧停了一天,不是因为落雨也不是因为男孩儿犯罪,只是因为洪家大山上又死了一个老人。死掉的这个老人是奔伢子的大伯,早上死的,中午就看到老张和二伯三伯商量白事的安排。如果说洪家大山上阿婆住得最靠水库,那么大伯就住得最靠坟山。大伯没有成家,二伯三伯的婚事都帮忙操办,最后却落了自己。奔伢子觉得大伯太爱抽卷烟,所以不讨女人喜欢,同时住的地方风水也不太好。老张对前者嗤之以鼻，对后者则是深以为然。陪着大伯的只有四只几个月大的雏鸡和一条拴着铁链的大花狗，还有他的掉漆摩托。大伯的摩托抽多了二手卷烟，也患上了咳嗽病，大伯每次下山上工，都要在山路口给摩托打上十几个响鼻，发动机才醒得过来。这个时候奔伢子就站在坪里向下瞧，大花狗也站在坪里向上瞧。

大伯的尸体迟迟没有下葬，晚饭后老张提着酒就去和二伯三伯打牌去了，阿银就冲着奔伢子撒气说："你爸就知道管闲事，热脸贴冷屁股！"男孩儿不知道怎么接话，只好问些有的没的：

"大伯没了家里东西怎么办？"

"放着呗怎么办。"

"那旺旺呢？鸡呢？"

"狗牵给山下的屠户了。鸡让二伯帮忙养着。管这么多干什么？儿子和爹一个样。"

奔伢子听了不再多问，知道触了霉头。

旺旺就是那条大花狗的名字，实际上这是奔伢子取的诨号。每次男孩儿去看那条半人高的大花狗，它总是被拴在门口跑开不得，走近了花狗就不停地吠叫。但奔伢子不害怕，即便花狗跳来跳去把铁链扯得噼啪响。奔伢子总觉得它和别的狗不一样，黄鼠狼它们从来不和花狗玩，它们嫌弃花狗离不开桩子几步远。花狗好像对男孩儿从无恶意，它的吠叫更像是看到玩伴一样的兴奋，而男孩儿也感觉到了这一点。

"旺旺？"

"汪汪！"

一人一狗就这么对话，奔伢子走到花狗碰得到的地方，花狗就抬起前腿趴在男孩儿裤腿上，蹭得黑裤子全是泥，而奔伢子看得清花狗左眼有一颗大大的眼屎，但右眼没有，奔伢子想不明白也不去想，他只知道这是他见过洪家大山上唯一一只有眼屎的狗。

奔伢子记得旺旺最深的一件事，也和那铁链子有关。奔伢子起夜，摸了半天开关，终于把厕所的白炽灯打开，却听见窗外一阵呜咽声。男孩确定这是哪条野狗的声音，这是被别的狗欺负了？男孩心想。转头便关了灯，上床睡觉去了。第二天一起，又听得大伯的摩托打了十几个响鼻，却瞧见花狗的链子桩子换了个新的全套。奔伢子跑下坪里，花狗吠叫着一瘸一拐地走过来，男孩儿才看到坪里的一摊干涸的血渍，原来花狗的后腿受了伤。这回花狗没有趴上来，只是抬了抬一条前腿又放下。奔伢子觉得它很可怜。

那天吃午饭时奔伢子问：

"妈，大伯家的狗怎么回事。"

"哦，踩了玻璃，早上我看了，擦了点碘酒。"

奔伢子觉得它更可怜了。

四

"吃完饭记得散步，减肥要记得坚持！"

"嗯。"

"你这个暑假的任务就是减肥，形象这块要过得去，不然别人看了不像样！"

"嗯。"

"我给你找的这个工作，都安排好了，进去了有人带你，所以你就好好把形象这块解决了！"

"嗯……"

"我费了好大的力气,这工作有编制,你也是运气好,这种时候,哪里有工作好找!"

"嗯……"

"对了,这事你不要和你爸讲。"

"哦。"

"记得散步!"

"嗯。"

奔伢子就这么和阿银对坐着,望着桌上的空心菜,一句一句应答着。奔伢子知道自己这个夏天要做什么了,他不需要画设计图,也不需要学计算机,还不用找工作,他只需要散步。

"黄鼠狼。"奔伢子拍拍手,黄狗果然像以往一样小跑过来,抬着头期待地望着他。男孩儿发泄地在它身上揉了揉,把黄狗的毛搅得一团糟,黄狗抖了抖身子,坐下来便开始用后爪挠痒。

"黄鼠狼!"男孩儿唤了一声,黄狗弹起身,飞快地跑到了男孩儿身边。

奔伢子很高兴,他没想到黄鼠狼能懂他的心里话,他现在很明确地知道黄鼠狼会陪他散步,后面的半个月也将如此,他没有理由,但他就是知道。老张婆婆和阿银也闪出来了,阿银看到黄狗,嘴里嘟囔了一句什么,老张婆婆只是摇着蒲扇,没有说话。奔伢子可能听见了,也可能没听见,但他知道阿银不喜欢猫狗,她作为医生总是对奔伢子说:

"不准养宠物,身上全是细菌最脏了!"

奔伢子一直以为阿银是真的讨厌猫狗,但他很快觉得她也许没那么讨厌,因为乡下的猫狗真的到处都是,也许她只是特指那些城里的"宠物猫狗"?后来每次喊奔伢子散步,阿银都用刀一般的眼神剜他一眼,然后又说"喊上黄鼠狼一起",奔伢子觉得阿银就像专业的击剑运动员,总是发动完凌厉的攻势后又退守两步,永远不露破绽。

　　男孩儿有了黄鼠狼做伴,一下子把烦恼都抛到了脑后,他故意叫喊着跑下了山,一直跑到老张婆婆和阿银都看不见他,一直跑到夏天的蝉鸣盖过了他,一直跑到身上的墨绿短袖黑裤头淹没进樟树、松树、桂花树和桃树的叶子里,跑到洪家大山接纳了他,他才终于停下,哼哧哼哧地喘气,身边的黄鼠狼也哼哧哼哧地喘气,不知道是男孩儿效仿狗,还是狗在模仿男孩儿。

　　走到水库边上,走到阿婆家里,奔伢子看到了瘸腿大狗,或者说,黄鼠狼奔向了瘸腿大狗,男孩儿的目光也被牵了过去。

　　"阿婆好。"男孩儿腼腆地向白发老人问好,脚步不停,嘴里不住地哼哧哼哧喘气。

　　"好。"阿婆笑着停下家务活,扒拉着门框看着奔伢子,看着他跑得渐渐没影。

　　奔伢子一路往下跑,他觉得自己不会停下,但很快,也许不是很快,但到了山脚,男孩儿看到一条狗横卧在马路中央。那条狗睡着了,睡得很死。因为男孩蹑手蹑脚走到它旁边了它还不知道。

　　"汪!汪~呜~"那狗像是终于发现,腾地弹起,对着男孩儿示威性地吼叫,但又不住地露怯,飞快地退了三四步龇牙咧嘴。奔伢子被吓坏了,他那一瞬间都木在了原地,老张婆婆教给他的下蹲的办法全都忘得一干二净,男孩儿回过神来只觉得,如果那狗要伤害他,他或许就没命了,虽然他只是好奇地想要亲近这条陌生的看门狗。

　　奔伢子不打算继续往下走了,他打算返程,反正离山脚没有几里远了,所幸这一幕没有被阿银、老张婆婆甚至是黄鼠狼看见。

五

　　知道大伯家的花狗旺旺被送给屠户了，奔伢子的心情都不是很好，他也不能说很喜欢旺旺，但他总是会想起旺旺单纯的眼神。奔伢子之前问过老张关于旺旺的事情，老张说他不清楚花狗，但他记得大伯二伯三伯没分家的时候，家里那条黑狗的故事。

　　那条黑狗叫作黑皮，是一只母狗。大伯二伯三伯本就住在一块，院子里只用一条看门狗就够用了，于是二伯就动手做了一个狗窝，也是拿干草垫着，给木板凿了个口子封了个箱便了事。黑皮是一条非常可爱温驯的狗，它认人，可以清楚地记下客人的气味，并且嗅出来空气中散发的作恶因子，准确地找出不是客的那些人。它的吼叫声非常雄厚，一度让上门的客人以为它是条公狗，但看了它娇小的身形，才发觉这么一个小小的身体有如此雄浑的能量。黑皮就这么守护着大伯二伯三伯，洪家大山上的人家都想要一条黑皮这样的狗，于是就有人找了狗来和它配种。没多久，黑皮的肚子就大了起来，肚子大了之后，黑皮就窝在家里不出来了，虽然大家都知道黑皮是黑色的狗，但太久不见它出来，大家都忘记了它的黑色，有人说黑皮的黑是油亮的黑，有人说黑皮的黑是粗糙的黑，但这些黑有什么区别，没有人说得明白，大家只是说黑皮的黑，黑得很好看，是好狗的黑。终于有一天，黑皮从那草窝里头出来了，大伯二伯三伯把头往里塞，看到了三只小奶狗，但还没有看清楚颜色，黑皮就吼叫着吓跑了他们，因为三伯胖反应慢，还差点咬掉了三伯的手指头。于是大家都知道，黑皮护崽，而且已经不认人了。从此以后，黑皮不管什么人来，只要接近了狗窝，它就要玩了命地吼叫，一度让人觉得是一条疯狗，但若不靠近狗窝，黑皮就不会有反应。后来二伯少了只鸡，说是叫黄鼠狼叼走了，大家才意识到黑皮已经不是黑皮了。配种的那户人家看了，觉得黑皮不是一条好的看门狗，那三个狗崽就都不要了。

  黑皮下崽没多久，二伯三伯的媳妇也都各自有了孩子，孩子一多，媳妇就忙，媳妇一忙，不分家过就不像话。大伯二伯三伯不想分，因为家里没有钱置办新房，最后大伯二伯在旧宅里起了一堵墙，隔做两家过日子。三伯媳妇闹得最厉害，三伯就四处筹钱，建了一栋小房子，和旧宅只有五十米远，终于让三伯媳妇不再闹。大伯二伯三伯看着三条小狗，再看看黑皮，一时间也不知道怎么做才好。最后有一天，黑皮被乡下倒卖狗的偷狗贼麻翻偷走了，三条小狗就这么没了妈，分开给大伯二伯三伯一人一只。现在的旺旺就是黑皮的崽。

  奔伢子记得这个故事，他听完黑皮的经历，对偷狗贼产生了极大的怨恨。老张告诉他，乡下的事多着嘞，有偷狗的，有偷鸡偷鸭的，有往鱼塘里洒农药的，海了去了。奔伢子无法理解，但奔伢子知道，他无法理解的事情还有很多。他最无法理解的，是为什么大家都不喜欢偷鸡摸狗的事，但一说起来就是：

  "谁没干过偷鸡摸狗的事呢？"

六

  奔伢子觉得他还是很喜欢猫猫狗狗的，他记得爷爷去世后，有一次他去扫墓，到了下坟山的时候，从林子里钻出来一只野猫。奔伢子不知道这是不是野猫，他后来回想，觉得这更可能是一只被遗弃的家猫，因为他从来没遇见过这么亲人的野猫。男孩儿下山路上，走二十米就回头望，野猫就停下来看着他，但如此往复，男孩儿总能看到野猫。

"我们把它养起来吧？"

阿银回头看了看，又转过来看看儿子："不行。"

"真的不行吗？"

阿银停下来，又回头看了看，又转过来看看儿子："你舅舅家养猫，带过去看看他收不收吧。"

奔伢子有些失落，但又很开心，他蹲下身子敞开怀抱，野猫居然跳了过来。男孩儿捧着一团温热，他感到新奇，又感到刺激，一下子又产生了一种恳求母亲的冲动。但男孩儿没有出声，他只是捧着野猫，而野猫也在他的怀里探出头，以一种从未有过的视角观察着这个世界。

"舅舅为什么养猫？"

"舅妈老家有老鼠。"阿银漫不经心地回答。

奔伢子还是很开心，他没想到世界上有这么巧合的事情，今天刚好要去舅舅家一趟，刚好今天碰到野猫，刚好舅舅家需要一只抓老鼠的猫，他没想到世界上有这么巧合的事情。老张在后面默默跟着，手里提着袋子，袋子里是一些年货，还有给奔伢子舅舅送去的几幅画。那几幅画是年轻时舅舅画的，那时候舅舅拿过县里画画的第一名，阿银也因此放弃了读大学的机会，转而供弟弟上大学，终于舅舅也有了自己的门面设计小公司。那几幅画奔伢子看过，画的是人像，泛黄破碎的画纸用胶带简单地黏合在一起，有一种独特的美感。如果不是表妹要求，奔伢子还是很想留下来的。这是阿银拿铁丝捆好放在柴火房的簸箕里头的，如果不是恰巧翻了出来，这几幅画就将继续被遗忘在角落里。

"舅舅是怎么把公司搞起来的？"

"那你舅舅就厉害啦。"婆婆突然接了话茬。

"闯呗,你舅舅做生意的,到处跑。"阿银没有回应婆婆的话,"不过你舅舅的生意现在也不好做,不景气了。"

奔伢子转头看向母亲,阿银也正好在注视着他,男孩儿感觉到母亲没有把话说完。他觉得有点哽住,说不出话。

"舅舅喜欢画画吗?"

"喜欢得不得了,而且画得很厉害啦!"婆婆又接茬道。这次阿银没有说话,像是对婆婆说的话很认可。

奔伢子摸了摸野猫的头,手感很柔和,他觉得比小宝宝的圆滑的脑袋有着不一样的风味。

"我……哎呀!"男孩儿正要说些什么,怀里的猫却跳了出去,径直往马路对面跑去。

男孩儿手足无措,他很担心来往的车辆压到了猫,他已经感受不到车辆的多少,他只确信他听到了汽缸的嗡鸣。车辆像箭矢一样穿过,男孩儿的内心在对车潮咆哮:"停下!停下!"

但是到了嘴边,却变成了:"回来!回来!"

一秒,两秒,三秒。

野猫到达了马路对面,它回过头,好像听到了男孩儿的召唤,又好像只是被车流迷晕了方向。

一秒。

一辆摩托飞快地碾过。这辆摩托的漆十分鲜红,不像大伯的车那样老旧,那个牌子在乡下十分流行。

野猫疼得不停叫喊,疯狂地跑向了街边的车库角落。老张跑去俯下身子捉猫,婆婆和阿银大喊着飞奔向摩托车,奔伢子则不知所措地愣了一会,又急急忙忙向车库跑去。

最后老张把猫放生到了田里,去城里打了几针疫苗,阿银和婆婆则拦下了摩托车,说他压了自家的猫,要了两百块钱。

七

回城里的最后一天前,老张又去钓鱼,婆婆和阿银聊着天。

"哪天把那狗杀了做狗肉吃吧。"婆婆说。

"也要得。"阿银说。

奔伢子知道她们说的是哪条,他有些不希望事情发展到这一步,但他最后也没有说话。因为他也不知道他对乡下的猫猫狗狗到底是什么感情,也不知道乡下人对乡下的猫猫狗狗是什么感情。他觉得他没有理由说服自己,也没有理由说服大人。

最后一次散步的时候,到了卧马路的看门狗前,奔伢子看着黄鼠狼说:"我希望我没得选,但有的选也是一种没得选,对吧?"

黄狗还是那么看着他,吐着舌头,一如往常一样等着男孩儿的抚摸。

嬗 变

王 婕

武汉市第三医院光谷院区，自新冠疫情暴发以来，一直陆陆续续接纳着别院转来的发热病人。田筱晓，呼吸科住院部的护士，21岁那年从卫校毕业，进了本院。她日常给各病房的病人打针、换药，偶尔也替其他科室的同事们值个夜班。按时打卡、到点下班，她独自一人重复着这样规律且乏味的日子，不常和家里人联系，常挂在嘴边的，是"管好自己的一亩三分地"，她似乎早已把自己禁锢在了一个固化而狭隘的空间里面。然而疫情迅速蔓延，这样机械般的日子被打破了，呼吸科床位、医护人员、医疗物资都迅速告急，医院大门外的队伍却是越来越长，家属们的焦急和绝望写在了脸上，人群拥挤而混乱，嘈杂喧嚣声此起彼伏，一浪高过一浪。医生护士们更是连班倒，不分昼夜。一开始，筱晓还只是私下抱怨几句，可长时间无休止的日夜颠倒，防护服里三层外三层的窒闷之感，着实令她感到厌恶和焦躁，逐渐失去耐心。

这天下午的常规轮班时间，筱晓裹着由零散物资拼凑来的防护服，在住院部过道里配着药，她动作极轻，显出几分怠慢，生怕手里的东西会划破这薄得可怜的防护服，与周围紧张的工作节奏显得格格不入。"您好，麻烦问一下，这儿是原本的神经康复科吗？"是一个青年男子的声音，筱晓没有在意，继续低头摆弄着那些药剂："是,不过现在情况特殊,征用为呼吸科了。要去康复科的话,上楼右转。""好的好的,谢谢你。我上来的时候看这儿发热病人好多,你们干一线的千万要做好自我防护!"男子说完便急匆匆离开了。陌生人突如其来的关心却引起了筱晓的注意,她从不认为这种对别人的关心是必要的,甚至于有些莫名其妙。她回头看了一眼男子,却霎时错愕了,她呆在原地、身体略微地发抖,熟悉的高额头和令人讨厌的嘴角的痣,将她的思绪拉扯回了十二年前,那个破旧的小城里不起眼的小学,她眼前被一片无限弥漫的灰暗遮盖住了,闷得她喘不过气来。

筱晓小时候并不好看,蜡黄的皮肤上满是雀斑,班里有好事的人,就追着她"田麻子,田麻子"地叫。班里有个邋遢、整天挂着鼻涕乱晃的男孩儿,成绩糟糕又不思进取,那时筱晓想着自己是班长,也是单纯和善良,看他学习成绩差,便想着尽自己的责任帮他一把,给了他一张写满字的小纸条,上面是筱晓给他的鼓励和一些学习经验的分享。递出纸条的那一刻,筱晓内心有一种救世主般的成就感,可她怎么也没料到,那位邋遢的男孩儿竟将纸条当作了一张示爱书,四处炫耀,后来传开了,筱晓成了某些人口中的"骚货",是的,在那个教育落后的小县城里,孩子们总善于使用如此成人化、低俗的口吻,他们的思想亦是如此,用以凸显他们的"时髦"和"先进"。此后年级里的人每回看见筱晓就起哄叫她"鼻涕嫂",鼻涕男路过她时,也会被好兄弟们刻意往筱晓身上推搡一把。说来好笑,或许那时的筱晓就已经"看透"了人心,自此以后,她再没有过类似的"圣母心"泛滥,农夫与蛇的故事,也就莫过于此吧!起初筱晓气不过,一遍一遍地在违纪本上重复着他们的名字,告到老师那儿去,可于事无补,那群好事的人变本加厉,越来越看不惯这个长满麻子、还爱告状的班长,用他们的话说,就是"老班的一条走狗"。而这个成天挂着鼻涕乱晃的男孩儿,长着前凸的额头,嘴角的痣又黑又大。这个男孩儿,他叫成鹏。

筱晓或许永远忘不了11岁那年的生日,那个被暴力和恐吓裹挟着的夏日。筱晓生活的小城里总有老一辈人爱说"小孩儿生日一顿打",本是充满了戏谑意味的玩笑话,却成了那群人借口欺负筱晓的理由。挑事儿的正是成鹏,他对筱晓疯狂地示爱,却招来了她的反感。他渐渐看不惯筱晓了,却也并非仅在于求爱的失败,或许是她矮小的身材?是她脸上的雀斑?是她在班主任面前的唯唯诺诺?说不清楚,这些本身就很令人讨厌了。他看她不爽,决定挑点儿事儿整整人,这是成鹏一向拿手的。这场提前预谋好的校园暴力像是预告般在学生间传开了,成鹏不担心这件事被讨论,相反他恨不得全校的人都知道,这满足了他的虚荣心,他觉得这事特帅,特能彰显他校霸的身份。也有人悄悄传话给筱晓:"听说有人聚了一伙要整你,小孩儿生日一顿打,你小心点。""为首的那个混混叫豪哥,他一巴掌能把你扇坐到地上。""去找老师吧,可别让他们把你这麻子脸给打坏了。"……他们像是在看一场热闹,在等一场好戏的上演,他们无论此事的好坏和性质,只觉得新鲜、热闹,什么是冷漠、什么是助纣为虐,他们还是孩子,可什么都不懂。筱晓听到消息时浑身一凛,她不确定事情的真假,她极力想保持住班长的威严,表面上对成鹏的放话不屑一顾,可她的确害怕得要命。她也没有勇气向老师或者父亲求助,筱晓明白,老师只会打成鹏的手板,然后换来更疯狂的报复;父亲则会从工地上打来电话无关痛痒地说几句要和同学处理好关系的话,无济于事。思来想去,她挑了个离家很近的饭馆,拉上几个人组了个生日饭局,理由很简单,她实在不敢一个人回家。那场生日饭局上,筱晓总共吃了不超过三口饭,她知道成鹏不至于带人直接冲进饭馆,但眼神总是止不住地从窗口向大门处瞟着,手抖拿不住筷子就干脆只吃了两块虾饼,害怕被人嘲笑说怂,便硬生生挤出笑应付着答话。围着桌子坐的人唱着生日歌,可这歌没有感情,他们不过是来看场热闹……幸而这场闹剧最终是不了了之,成鹏并没有找人来堵她,不知道为什么,筱晓心里也不清楚,她感到庆幸,同时却恨他、恨极了他。

类似的处境,她后来没少遇到,却也从未向老师和父亲求助过。再后来,她干脆推掉了班长的职务,任凭人骂她、捉弄她,她放弃了反抗和假装坚强的伪装,在那样孤立的处境中,她只想明哲保身。筱晓从此孤僻寡言,成绩亦大不如以往。浑浑噩噩毕了业,上了州城的一所职业卫校,因为家里人都说,"女孩儿嘛,该找个稳当的职业"。

筱晓难以平复心情,她不愿去想那些被恐吓、被侮辱的日子,但成鹏的出现又的确像一块巨石落入水中,打破了筱晓早已麻木的内心。虽说事过多年,可他的存在,就像一根尖锐的针,虽不够显眼,却能扎实地戳着她的软肋,不断提醒着她那段灰暗、无助的岁月。

于是,她在阴暗的往事与平庸的现实之间不住地徘徊,她感到愤懑,将眼下的一切平庸无为归结于不幸的童年,她认定母亲和成鹏正是毁掉她人生的罪魁祸首。母亲是筱晓6岁那年突然消失的。关于母亲,她记不清太多,印象里只有那天午后父亲难得空闲在家,坐在阳台边一个劲地抽烟,烟味熏得她很呛,饿了大哭也没有人来安慰她。后来,她听街坊说,"孩儿她妈跟着洋佬跑了,下了海可赚上大钱哩",她才逐渐认识到,母亲,原来是一个抛弃了家庭的人。父亲是个挖掘机师傅,常年待在建筑工地,早出晚归。上小学时,还会偶尔接送孩子,到了中学，干脆替她办了寄宿，每个月看情况往卡里打上几百块钱。但父亲绝对是疼爱筱晓的，只不过作为一名常年在外的工人师傅，他没有一般母亲细腻和直接的情感表达，不大懂得照顾子女，不太会表露自己的爱。因此，筱晓与父亲并不亲热。她视母亲为家庭的背叛者，是她不幸童年的根源所在。正是母亲的离开，父亲才会将她转入这个离工地更近的实验小学，她也才会遇见成鹏和那段难以治愈的小学生涯。她简直烦极了，手也越发毛躁，更无心于手头的工作了，成天胡思乱想、患得患失。

刘护士长被感染，算是压垮她的最后一根稻草。那段时间，医院的保洁保卫人员纷纷离职，包括筱晓在内的护士们也是人心惶惶，毕竟，谁不希望自己能活着呢？筱晓打定主意请假回家，她从没像此刻这般想要见到父亲，她太累了，也太害怕了。傍晚换班的时候，她给父亲打了一通电话，电话那头说："武汉那边最近情况不好，你守在医院回不来，千万照顾好自己。家里你不用担心，啊。"话到此处，筱晓张不开嘴了，想说的话被生生堵在了喉头。她感到羞愧，却很快被气愤掩过。原来父亲，希望自己留在医院救死扶伤，可他女儿自己的生命安危呢？他真不在乎吗？筱晓决定换下防护服，今天准点下班。

"你干吗去？"顶班的张护士长问她。

"头有点晕，想回家躺躺。"

"啊行，回去好好休息，明儿下午再来换班吧"护士长匆忙叮嘱道。

"那个张姨，我，我想请假回去……回家看看我爸。"

护士长一时愣住了，回头深叹一口气也不知该说些什么："筱晓啊，你知道，现在医院实在是人手不够了，大家都来回顶着，这……大家压力也都挺大的……"

筱晓当下既羞愧又委屈,她也痛恨自己是个逃兵,但她实在没有勇气去想如果自己也躺在了重症监护室,那时候,病魔还未打败她,自己就已经崩溃了。她愤怒于上天的不公,将一切的不幸都降临在她的头上。她一度后悔自己选择了医护这份风险职业,就和她小学时退掉班长的职位一样,这一次她同样选择了退缩。筱晓立在原地也不知怎样回答护士长,只有一个劲吧嗒吧嗒地掉着眼泪,她也知道这样子很没有志气、很狼狈,可是她无从选择。

筱晓毕竟只是个二十出头的小丫头,护士长看着也是心疼,对她说:"行,你回去吧,这儿我替你,你好好休息。没事的,啊!"她拍了拍筱晓的肩,转身匆忙离开了。

女孩子总是有些莫名其妙,明明是得到了安慰和许可,筱晓却哭得更凶了。她害怕同事们看见,于是一路低头狂奔回到了附近的职工宿舍。

这段时间以来,父亲都会在晚饭后换班的时间点给筱晓发来微信,嘱咐她保护好自己,注意休息。可今晚筱晓还生着父亲的气,无名的委屈和愤恨裹挟着她,她不愿搭理父亲的关心了。但她始终关注着新闻,她极度渴望疫情好转的消息,这样,她就不必纠结于自己的退缩了。这晚,她注意到了修建雷神山和火神山的消息,成百上千的工人师傅从全国各地奔赴而来,她看着电视里争分夺秒的工人师傅们,有些佝偻着腰、有些已白了头发,心里很不是滋味。

"叮咚",是筱晓点的晚餐,一桶泡面、一盒牛奶。前段时间在医院倒班,家里实在是不剩什么东西了。

"您好,您的外卖。给您放门口啦!"

"嗯好,谢谢!"

"住这栋楼,您是医生吧?"

筱晓再一次惊愕住了，这个耳熟却避之不及的声音。

"……哦，也不算，我是护士。"

"噢，你们一定要挺住啊，一切都会好起来的！听说你们医院物资紧缺，我这儿刚好多出一包口罩，是服务点发的，先给你用吧！"

"啊，不用了。医院明早会到一批新物资。"如此热情和关心，筱晓对门外人的身份产生了怀疑，她又有些不自在，"那个，这个时候怎么还在送外卖？"

"嗨，在家闲着也是闲着，出来干干志愿者，给大家伙送送生活物资。"

"哎！你，你是恩施人吗？"筱晓终于鼓起勇气，她想证实自己的推测是错误的，成鹏跟善良一词可是沾不上边。

"是啊，但两年前就过来这边了。这次听说招志愿者，就想着来帮帮忙。"

"我听你声音很熟悉……你是一小出来的吗？"

门外的人也愣住了，停顿了两秒："你？……田麻子？哦不。"

心里咯噔一下，但转瞬摆出了小学时班长的傲气，她虽然害怕他，可却从不愿意展现出来。她调整了语气，以显得有底气些："果然是你，我是，我是田筱晓。"

"啊，真是你……过去小不懂事，做过些傻事可能伤害到你，抱歉。"

筱晓如何也不曾想到，他们会再度碰面，也不曾料到，成鹏竟做起了志愿者，并对过去所为表达了歉意。双方都短暂陷入了沉默。

"没事，都过去了。"筱晓此时大脑空白，面对对方的道歉，她只是条件反射般做出了回应，她什么都听不见了，呆愣在原地，待她回过神来，门外的人已经离开了，他也许再次向她表达了歉意，也许说了再见，但筱晓什么也没意识到，甚至忘了门口的外卖。

"大家伙都忙得很，到现在得空下来吃上口饭……我从恩施来的，就想为政府出把力！"熟悉而蹩脚的普通话从电视那头传来，将筱晓从沉思中抽离出来，她回过头看去，鼻头猛地一酸，电视里花白了头发、正接受采访的，不正是自己的父亲吗？泪水浸满双眼，不知是因为成鹏还是因为父亲，筱晓沉寂多年的内心再度起了波澜，她仿佛重新拾回了那曾被抛弃的责任感和使命感，就像十二年前递出那张小纸条，这一次，她终于再度选择了勇敢坚定的奔赴之路。

医院里，筱晓再度遇见成鹏，他提着饭盒，从缴费处经过，也看见了筱晓。他径直走向她，鞠了一躬。筱晓有些不知所措，呆在原地，也不敢伸手去扶他。"昨天情况特殊，很多事情也没和你说清楚。其实，这些年我一直觉得对不住你，很想联系你，又怕给你带来困扰，我……""啊没事，不用说了，我没事。嗨，我从没在意过，真的，"筱晓局促得厉害，"那个，你怎么会在这儿？"她想转移话题，也实在好奇他这些年的经历。"是我妈，前年出了车祸……一直在医院康复疗养，我呢平时在附近车间干干流水线，下班时间过来送饭。最近疫情，车间也停工了，之前的医院分配给集中处置疫情，我们就转院到这边来了。我想着反正也得闲，每天熬点鸡汤，蒸点山药什么的，总比医院营养餐强些……哎，你看我，说这些干什么。不好意思啊。"筱晓意识有些模糊，她似乎不太认识眼前这个人了，也一时寻不到合适的话来搪塞过去。

三年前的一个凌晨，母亲像往常一样从酒吧里揪出醉醺醺的成鹏。他又熬了两个通宵，有些神志不清了。于是他和母亲发生了争吵,他要回酒吧赴未完的酒局,为那个新来的女 DJ 叫好,他看上了她打碟时的潇洒媚态,今晚她轮班,他一定要回去。可母亲一心只是念叨他不懂事,甚至拿肮脏的字眼去砸他。他们的争执愈演愈烈,在酒精的刺激下,成鹏失去了理智,他先是从后方给母亲来了一拳,然后便伸手去夺母亲手里的方向盘……

"你父亲呢,他没来医院照顾吗?"

"他在母亲出事后就跑了。"

"哦……不好意思。"

"嗨,没事儿!我比他强!"

"谢谢你啊!"筱晓望着他的眼睛。

"谢我?"

"嗯,谢谢你!"

人 / 物 / 速 / 写

关于七七

马宇璇

2017年1月之前,七七一直是躺在我QQ列表的人,我并不知道她是哪一个,也没有备注她叫什么名字。

1月的时候,她突然发了一条消息给我,问我关于喜欢的一个学长的事情。突然觉得这个女孩子就是冒着粉色泡泡的,但聊了很久还是不知道这个女孩子是哪一个,便也忘记了。

那时候并不知道在过去一年里会经常在水房接水遇到的,在厕所洗手遇到的,扎着高马尾很好看的女孩子就是七七。进班以后我坐到最后一排,一眼望去想看看有没有好看的男孩子,一眼看到七七站在最后一排,一个人拿杯子接水,再进来,再拿起书。她之前也是齐刘海,只不过两边是两撮很长的,然后再别到耳后。不知道为什么,这个女孩子给我的印象就是她很忙,一直忙着收拾忙着喝水忙着看书,她大多时间也不和其他人打闹说话,大多时候和我一样,一直是一个人。

直到有一天体育课,她拿着一个苹果,想和我去找我们的共同好友,而那个苹果不是给自己吃的,是要抱着苹果酸奶,去见想见的人。

十六七八岁的七七 = 午安 + 哆啦A梦 + 衬衫

十七岁的七七,我见过她拉小提琴认真的样子,但是最认真的样子，也只有十六七岁的七七，才有。

　　写到这里，本来只想写七七，不想提到别人，可是，有的人就像一条线，串起来这几年琐碎的记忆，七七说，像经济学提到的价值，价格围绕价值上下波动，不会脱离太远。

　　晚上睡觉的时候，七七会躺在床上说一句："午安啦，大家。"

　　之前一直以为这是一个习惯，可是，后来才明白，七七的午安和我的晚安那样，不是莫名其妙。

　　七七最喜欢的玩偶是哆啦A梦，我找她借东西的时候，七七说在柜子里面啦，一拉开一个很大的哆啦A梦玩偶就扑到了我的怀里，我心想，原来她的童年是哆啦A梦呀！

　　青海的夏天三十度，温度听起来不是很高，但是没有空调且干热，强烈的紫外线令人难受。

　　七七在三十度的夏天，穿着白色的衬衫，扣子扣得很整齐，实在很热，去买冰棍吃的时候一定要找到蓝莓味的巧乐兹才可以。

　　十六七八岁的七七，喜欢这些事物成为一种执念。

　　和七七认识两年，我都一直没有谈过恋爱。她或许有，但是我不怎么感兴趣，因为她和我这些被其他人所诟病的，都是很想认真却无能为力的，疲乏。一直觉得自己的十五六七岁匆匆忙忙，没有来得及弄明白，也并不知道什么样的人是值得的。七七是不被很多人理解的。我现在很理解，就像在娃娃机前面抓娃娃，最喜欢最想要的那一个抓不到了，那就哪一个都行，没有也行，有也行。

　　很想从自己画的圈里面走出来，便去接触新的人，可是接触一圈，那么多，还是乖乖回去那个圈里面画地为牢。守着那一点点，基本不存在的，虚无的，苟活。

每一个4月5月，是最真实的七七和我。今年5月如期，我们一起去旅行，期待着那些，真实的，纯粹的。看到哆啦A梦的手办，她很激动，我说："你喜欢这个很久了。"其实是因为她告诉我她的童年是哆啦A梦。她放下那个玩偶，走了出去。

我突然觉得，我第一次遇到这样一个女孩子，整个人的喜好全部铸造在另外一个人之上。现在七七已经不再想画地为牢了，可是喜欢哆啦A梦，穿衬衫，吃蓝莓的巧乐兹，看到吹萨克斯的男生就觉得很好啊，这些习惯已经融到深处，没有办法抽掉。

七七每次和我聊天都很费钱，我总是假装省钱给她推代购、推海淘、推化妆品、推鞋子，她和我表示认同以后下单，然后喊一句，"和你聊天真费钱！"

每一个人的生活都不应该被指责，像我像她。

我们都只是运气不好。

很想很想和新的生活握手言和，可是的确是不撞南墙不回头的执念。尝试去温柔对待他人，去很好地生活，却还是觉得回到自己画的圈里面，苟活着更真实一些。

和七七的对话框里面也是最真实的我，我们都理解又不理解着彼此。又很奇怪的缘分，因为在她小时候揪着她的衣领很凶很凶的男孩子，在2018年的春天，我混沌度日时带我看了看人间，在我这里是像七七的午安一样的存在，是自此择偶的基本框架，我一定得把一个人放到那个框里面，看看是否可以，可是又怎么可能呢！我们都羡慕着彼此又安慰着彼此。

我躺在酒店的躺椅上，听到水星记开始哭的时候，七七对我吼："你能不能别哭了，我甚至在他那里是不被认可的，你有什么资格哭啊，啊，能不能不要把擦鼻涕的纸乱扔，我去给你买药。"

她一边收拾着我擦眼泪鼻涕乱扔的纸，念叨着我嗓子疼待会得买头孢克肟。又过来抱抱我。我们都不想去直面真实的自己，却又在对方面前表现最真实的自己。承认自己很多错误的决定和事情，或许都成年了，就该为自己的行为负责了。

七七说，不想恋爱了，除非很喜欢。

可是喜欢这回事，却没有办法衡量。人在一开始接触的时候，有时候接触的某个瞬间，会觉得这就是喜欢，没有人会一开始就讨厌一个各方面都很 nice 的人。可是只有在一起相处久了，才会明白，被偏爱的感觉并不是时刻都有，遇到的其实也并不是对的人，不想画地为牢，可是也不会再有眼睛亮起来的瞬间。

我已经变成了一个讲荤段子都不会脸红的女孩，可是一想起你，还是想穿一次白裙子给你看。

昨天看到这句话，和七七都觉得很难过。

希望我和七七的运气也能像其他人一样好一点，能和喜欢的事物在一起。也能有另外一个贯穿二十岁人生的故事，另外一个全新的。

那些贯穿了整个的，午安，晚安。

我还是期待再见，这些都应该，被保留。

贾生傲气，荒唐了满腹经纶
——读《贾谊论》有感

谭宇琦

贾谊，曾任博士、太中大夫，因多次上书议论政事，被元老贵族所排斥，贬为长沙王太傅，后又当了梁怀王太傅，但梁怀王不幸堕马而死，而贾谊本人深为内疚，一年后也去世了，时年仅三十三岁。同时他还凭借李商隐诗中"可怜夜半虚前席，不问苍生问鬼神"这句诗牢牢在人们心中树立起来了"怀才不遇者"的人物形象。但是说起来，古时提起贾谊，我们大多会看见一个相对正向的对于怀才不遇的评价，感叹贾谊这样一个有才之人居然不能被君王使用。但我们却会发现一个容易为人忽视的细节，贾谊怀才不遇却并不是没有贤明的君主，恰恰相反，贾谊的君主是历史上赫赫有名的汉文帝，也是开创了历史上称为"文景之治"的盛世的君主。但是贾谊却仍然没有能够一展宏图。这是为什么呢？苏轼在《贾谊论》中提出了自己的观点。

苏轼认为，不仅仅是君主的问题，同样还是要从贾谊本人身上找原因。他说："夫君子之所取者远，则必有所待；所就者大，则必有所忍。"换句话说就是说贾谊未能成就的原因是他自己"无所待""无所忍"，这就是指贾谊操之过急，古人言"心急吃不了热豆腐"说的就是这个道理。贾谊本人步入政坛很早，所以对朝廷中的众人来说，他只不过是洛阳的一个年轻后生，但是他在短短的走入皇帝的视野中的时间之中就想要让皇帝完全抛弃元老旧臣和老办法而另搞新的一套，这可能吗？更何况当时的汉文帝统治下已经形成了社会安定和百姓富足的形势，对一个统治者来说没有必要冒那么大的风险来大刀阔斧地像贾谊所说的一样搞改革。

但为什么贾谊敢于数次向皇帝提出那样的建议呢？其一是因为贾谊提出的建议确实是切中时弊的，其二我觉得还是贾谊当时作为一个年少成名的青年人对于自己的自信心，或者从旁观者的角度来说就是傲气。年少成名，带给贾谊的不仅仅是官位，同时还给了贾谊一定的话语权，让贾谊能够一定程度上表达自己的政见。而他作为一个心有国家、胸怀抱负的年轻人，在看见地方割据势力强大对于维系中央统治的威胁时；在察觉到当时社会上弃农营商的风潮可能对于国本造成的损害时；在发现前朝功臣及其后代许多在当朝已经沦为社会蛀虫时，他不可能不发声，他自己也不允许自己不作为。也就是这样他也注定受到权贵的毁谤，若是皇帝不能力排众议，坚持用他，那么他也必将不能施展自己的才能。所以贾谊的人生从最开始就注定是一个悲剧也只能是一个悲剧。苏轼提出"贾生志大而量小，才有余而识不足也"的论断我是不同意的。贾谊悲剧不在于他的气量，而是从本质上来说，贾谊和朝廷旧臣既得利益者就是两个阶级，阶级对立不可调和，必定是你死我活。改革变法这件事本身就是困难的，艰苦的，新生力量期望通过改革得到成长，但旧的事物不希望退出历史舞台，所以不能指望着旧的力量能够降低对新生力量的压迫，甚至是支持新生力量来将自己送向坟墓，这本身就是极其理想主义而又不切实际的。

通过苏轼的《贾谊论》我其实看到了贾谊的另一面,而这一面也警示着我自己。永远不要指望着自己身处顺境。在穷困不得志之时我要谨记于心的是坚持自己的奋斗。就像苏轼所提到的要"默默以待其变"不能够操之过急,从而断送了自己的前途命运。在无能为力之时,我更是要抓住时间来丰富自己而不是想着逃避。有少年人的热血和傲气固然是好,但是我也要培养自己抗击挫折的能力,将傲气好好修炼成一副傲骨,在百般摧折之下仍旧是屹立不倒,不向困难下跪。

童 / 话 / 寓 / 言

银河系的故事

邱子桐

一

在广袤的人类无法深入探知的银河系里，住着一群银河系精灵。他们的翅膀是透明的，身形很小，几乎只有两微米，比人类的小拇指的指甲盖还要小得多！在浩瀚无垠的银河系里，他们小得像是灰尘，却又是不可或缺的。

你也许会好奇地提问：银河系精灵的祖先是谁？很可惜地告诉你，这些问题是没有答案的。就像人类永远说不清楚他们是怎样从猿变作人的。

但是，就像人类中的新生命是由上一代孕育的，每一个新的银河系精灵的降生，都来源于上一个陨落的银河系精灵。陨落的银河系精灵会落在一颗水蓝色的星球上，他在大气层擦出火光，像是漆黑的宇宙中开出的绚烂的长着尾巴的花。人类将陨落的银河系精灵擦出的火光称作流星，而流星出现后，人类许的第一个愿望，就会变作一个新的银河系精灵。这就是他们生命更迭的过程。

托米，他是不久前才降生的一个新的银河系精灵。他的名字取自一个人类小男孩的愿望——他希望死去的宠物狗托米可以重新活过来。小孩子总会长大，小男孩终究会明白对流星许的愿望只有他自己听得见，他也会明白死去的宠物狗不能复生。但无论他长到多少岁，甚至等他死后乘坐灵魂列车经过银河系时，他也不会明白，原来银河系里的小小的几乎看不见的那片闪闪发亮的光点里，竟有一个光点是为了自己而闪耀的。

这就是人类即使发射火箭也没有办法探寻到的秘密——

这是属于银河系的故事。

二

银河系精灵也是有工作的，但是他们的工作并不像你所想象的那样有趣和轻松。

托米负责的星系是太阳系，他负责推动星球的运动，于是水蓝色的星球就有了人类所说的昼夜和四季。他们把小行星拼搭在一起，人类当中的天文学家从一种叫作天文望远镜的圆柱筒里观察到星座。

托米作为新的银河系精灵，他对工作不太熟练，有一次他推动水蓝色的星球绕着燃烧的红色的恒星转动，但是没有把控好速度，导致北半球那一年的夏天格外长。太阳系里有一个精灵，他是因为最纯洁的愿望而降生的。他没有名字，其他的精灵称呼他为"小王子"。每一个随着愿望而降生的精灵都应该被赋予相应的名字，例如，托米的名字来源于人类小男孩的那只宠物狗。但是降生出小王子的那个愿望是空白的。一个小女孩闭上眼睛，双手合十，跪在床边，向着窗外的星星许愿，可是当流星落下的时候，她发觉自己已经幸福得没有愿望了。

小王子是太阳系里唯一一个翅膀不透明的精灵，他的翅膀像是被星星装饰了一样，在灿烂的银河中闪耀着独一无二的光亮。小王子教托米如何把行星推到固定的轨道上，还会教他如何调整推动的速度，小王子会教他如何站在行星上旋转而不头晕，还会教他哪些陨石是应该被清理干净的。

托米认为，小王子是整个银河系最温柔又有耐心的老师。如果你也有一个温柔又有耐心的老师的话，请一定要把你的想法勇敢告诉他。

三

托米是一个注意力不太集中的精灵，每当他因此迷路时，另一个精灵戴西就会抛下自己的工作去找他。

戴西来自一个人类男人的愿望，戴西是他深爱的妻子的名字。她比托米降生得更早，已经在银河系工作了很久很久，所以她对一切工作都很熟悉。当她找到躲在行星背后悄悄抹眼泪的托米时，总会用身旁最小的一颗陨石砸向他的脑袋，然后要托米帮她把工作一起完成。

有次因为托米的疏忽，一个满是疙瘩的行星横挡在水蓝色行星和燃烧的红色恒星之间，水蓝色的行星上投下阴影。托米从来没有见过这种场面，他以为自己闯了大祸，眼眶里噙满了泪水。戴西找到他，拿起身旁最小的一颗陨石砸向他的脑袋，并且告诉他，人类只会知道这是一种称作"日食"的天文现象，不会知道太阳系里有一个蠢笨的小精灵叫作托米。

托米听了戴西的话，他继续推动着满是疙瘩的行星，但是自责令他的眼泪止不住，于是那天，一场突如其来的夏季暴雨让观看日食的人们悻悻而归。

戴西是整个银河系里脾气急躁但是又最善良的姐姐。托米曾经当面夸奖过她，戴西那天很激动，她跑到燃烧的红色恒星上跳舞，于是天文学家观测到了"太阳风"。

四

托米最远的一次迷路是他走出了太阳系。这个星系和太阳系都有行星、陨石和小精灵，但是托米感到大不一样。他发现这里有一条用星星铺成的绚烂的铁道，他就一直沿着这条轨道走。

在这条路上，托米遇到了另一个星系的精灵贝塔。贝塔告诉他，这条铁道是承载灵魂的列车专用的。

托米自出生以来就生活在银河系，没有精灵告诉过他灵魂是什么。他好奇地问："什么是灵魂？"

"人类在死亡后会变得透明，这就是灵魂。"

托米扇动着身后的翅膀："这就是灵魂吗？"

"当然不是。"贝塔严肃地纠正他，"你可以把人类想象成银河系里的那颗水蓝色行星里的精灵，等他们在那里生活了足够长的时间后，就会回到银河系。"

"那为什么这些精灵可以来银河系，但是我们却不能去那颗水蓝色行星呢？"

"那是因为你还没有在银河系生活足够长的时间，当我们陨落的时候，我们都会落在那颗水蓝色的星球上，成为居住在那里的精灵。"

"陨落又是什么？"

"银河系精灵的陨落，就是人类所说的死亡，这只是生命旅途的一个必须经过的站点，但生命的轨迹实际上是一个圆圈。"

贝塔说的话实在是太深奥了，托米依旧不明白。但当他下一秒想要提问时，他被灵魂列车呼啸而过的一阵风席卷去了。

五

灵魂列车上的精灵，和托米想象中的截然不同。他们长相各异，高矮不同，并且没有翅膀，他们的身体是透明的，比银河系精灵要大得多。

托米太害怕了，他从来没有见过这种精灵。就像人类如果能够以肉眼发现银河系精灵，他们恐怕也会大惊失色。

托米漫无目的地缓慢地行走，他找不到方向，非常想念自己的家。在路途中，他捡起了路边的一颗漂亮的陨石，他想把这颗陨石送给戴西做礼物，但是他不确定戴西看见他的第一眼，是否会用这颗礼物砸自己的脑袋。

托米来到的这一片星系，很少出现小精灵。沿着铁道向前走，只有每个站点能够看见成群结队的小精灵。这里的每一个精灵都有一只鸟，因为他们需要在站点之间进行交流和来往。这些鸟的羽毛是雪白色的，每当它们抖一抖翅膀，就会掉落下银色的闪闪发亮的粉末。

其中有一只鸟，它的主人陨落到水蓝色的行星上，而那一夜没有人看见那颗发出微光的流星，因此没有愿望可以变作新的小精灵。

托米和这只鸟达成交易，如果鸟送托米回家，托米愿意成为它的新主人。

当白色的鸟把托米带回太阳系时，戴西没有用陨石砸他的脑袋，取而代之的是一个轻飘飘的吻。

六

当托米要与戴西分别时,他依旧没搞清楚死亡到底是什么。

在戴西的欢送会上,只有托米一个人躲起来悄悄地哭。戴西每次都能精准地捉住偷偷哭泣的托米,这一次也不例外。

她的翅膀不再是透明的,而是变得像石头一样灰暗笨重。她已经没有办法飞起来了,所以总是枕着一块小陨石,那是托米送给她的。

"你为什么不去欢送会呢?"戴西露出一个温柔的微笑。

"戴西,我不想要你陨落。"

戴西张开双臂,托米就扑上去搂住她。

"托米,我要去那个水蓝色的星球上,等我去了那儿之后,又会有新的精灵降生。"

"我不想要新的精灵,我只想要你。"

"那么我们约定好,等你教会新的精灵一切工作后,我就会回到银河系来找你,所以,请你务必一直等待我。"

托米点点头,他在泪眼中模糊地看见戴西的石头翅膀卷起来,将她包裹起来,直直地坠向那个水蓝色行星,在银河系里画出最绚烂的长着尾巴的花。

七

新的小精灵降生了,她的名字叫作莉莉。莉莉是一个很聪明的小精灵,她学会了太阳系里的一切工作,并且有条不紊。莉莉工作的那一年,人类没有发现任何特殊的天文现象,就连昼夜和四季,也都分秒不差地转换。

莉莉聪明到托米不需要教她任何有关于工作的事情，但是托米为了遵守和戴西的约定，他开始教莉莉怎么骑上自己的那只白色的鸟——莉莉是一个太严肃的小精灵，托米希望她能够学会玩。

托米一直在等待自己陨落的那一天，他想要去找戴西。但是那一天好像格外长远，他开始和莉莉成为很好的朋友。

很久很久以后，太阳系成为灵魂列车的一个新站点。有一天，列车上乘坐着一个老妇人，她透过车窗看见托米，拿起一颗石头砸向他的脑袋……

八

"妈妈，托米和戴西最终有再见到对方吗？"简躺在床上，从柔软的毯子里探出半张脸，她的眼睛望向妈妈，希冀能得到一个令她满意的答案。

妈妈微微一笑，她合上童话书，摸了摸简柔顺的长发，俯身在她的额头上印下一个吻："你该睡了，简，明天我们还要乘坐火车去外婆家。"

"我知道！是那个会呼噜呼噜响的长长的车！"简的小手从被窝里伸出来，举得高高的，她在为自己的抢答而得意。

"不错，但现在你真的应该休息了。"妈妈把童话书放在简的床头柜上，那上面放着一个月球形状的小夜灯，还有一个喝完了热牛奶的杯子。

当妈妈把卧室的灯关上时，月球形状的小夜灯发出幽暗的光亮，照着简的小脸蛋："妈妈，我怕黑，你可以等我睡着了再走吗？"简说着，又往她的床边移了移，"或者你可以和我一起睡。"

自从升上一年级，简就拥有了自己的卧室和床，她的床只有一米五长，远远容纳不下一个成年人。所以妈妈并没有躺下，而是帮她掖了掖被角，轻声细语地回答说："我会陪着你的，简，睡吧。"

在妈妈的像是摇篮曲一般的温柔的声音里，简抱着怀里的玩偶进入了梦乡。

九

外婆的家在南方，乘坐火车时需要经过一长段的北部平原。铁轨常常挑选偏僻的区域经过，平原上的麦场一望无际，在麦场里时不时会出现几座坟墓。但是简不认识，她伸出食指点了点火车窗，抬头问妈妈："那个是什么？"

妈妈微微笑，她没有立即回答，而是在脑子里转了好几个弯，想要找到最合适的解答。接着，她突然想起来昨天给简读的那个童话故事，她说道："简，还记得我昨天给你讲的故事吗？"

简点点头，昨晚她刚刚为托米和戴西的离别流眼泪。

"银河系精灵从银河系降落到地球，就会变作人类。而当人类老了，他们就会住进那个鼓鼓的高高的小山丘里，等待乘坐灵魂列车返回银河系。"

简的眼睛睁得大大的，她再次看向麦场时的眼神，多了几分神奇和憧憬，她小声地贴在车窗边，喊着："戴西！戴西！"

妈妈忍俊不禁，她揉了揉简的小脑袋，说："很可惜，她没办法回应你了。戴西早就已经乘坐灵魂列车回到银河系了。"

"果然！那个朝托米扔小石头的老奶奶一定就是戴西！因为整个银河系只有戴西会这样对待托米。"简仰着激动得通红的小脸蛋，被妈妈轻轻吻了一下。

去外婆家需要一天一夜的车程，夜晚的时候车厢很吵闹，简窝在窄窄的卧铺上，请求妈妈继续给她讲昨天的故事。

故事已经结束，妈妈苦恼地去思考应该如何回应简的请求。她抬头看了眼车窗外，平原已经驶过，漆黑的起伏的山峦像是夜晚的猛兽。

十

简已经很久没有见到外婆了。

所以当她再一次见到瘦骨嶙峋的外婆时，几乎不敢确认是她。只是怯生生地握着妈妈的手。

"简，快叫外婆。"妈妈抱着她说道。

"外婆。"简小声地唤了一句，得到外婆的慈祥的回应后，她才终于露出了一个笑容。

简听妈妈说，外婆生了很久很久的病，她需要安静休息，所以妈妈希望简可以自己一个人独自在房间外玩一会儿。

简不安地问道："外婆的翅膀要变成石头了吗？"

妈妈一开始没能理解简的意思，然后才想起来自己给她讲的那个故事。她很难回答，因为她不知道实话是否会伤害到简，于是她摇摇头，对简说："今天晚餐的时候你就可以有足够的时间和外婆说话了，简，但是现在你可以先去找大黄玩。"

大黄是外婆家养的一只土狗，通身都是黄色，它也很老了，背上有一部分毛发已经脱落。简很小的时候见过它，那时候大黄还只是一只小狗崽，刚来到外婆家的时候，它每天晚上都害怕到嗷嗷叫。外婆没有办法，只能每晚都为它开一盏夜灯。

简很喜欢狗，但是妈妈不让她养，所以她和大黄玩了一整个下午,直到她的衣服上都是大黄舔的口水和脱落的狗毛。

十一

晚餐时再见到外婆的时候,简用儿童筷插着一块自己最喜欢吃的牛肉放到外婆的碗里,却被妈妈赶忙制止了。

"外婆现在不能吃肉,她只能吃白稀饭。"妈妈摆摆手,把牛肉夹回简的碗里,"但是外婆谢谢你,能够把你喜欢吃的东西分享给她。"

简抬起头看着外婆,外婆的眼睛眯起来对她笑,她才乖乖低下头扒着饭粒。

可是晚餐的时候简还是没能够和外婆说上话。外婆的耳朵有些聋,只有大声吼才能听清,而且她说话时总是一副很疲惫的模样。简只能够坐在小凳子上,轻轻倚在外婆的腿边,再往旁边趴着大黄,而妈妈在厨房里清洗碗筷。

简感觉无聊,于是她开始讲故事:"在很远很远的天上,有一群我们看不见的银河系精灵……"

外婆听不清简在说话,但是也没有理会她,而是微眯着眼睛,看上去昏昏欲睡。大黄更听不懂简的话,它伸出舌头舔了舔黑色的鼻子。

只有在厨房里的妈妈可以听见简的声音,当简讲到托米与戴西分离的时候,妈妈的眼泪落到了洗碗池里。妈妈给简读这个故事的时候,她把它当作与往常每一个夜晚一般的童话故事,毕竟也没有大人会因为《拇指姑娘》这类童话而流泪。但是当这个故事由简讲给她听的时候,她突然想起简白天的话——

"外婆的翅膀要变成石头了吗?"

妈妈突然感到一阵伤心,她想像托米一样找一个地方躲起来偷偷地哭。

十二

简在外婆家待了半个暑假,她发现外婆睡觉的时间越来越长,而妈妈总是希望她不要去打扰外婆。

所以简只能在房子外面玩,正是因为这样,她才认识了罗丝。

罗丝是乡下的一个与简同龄的姑娘,她一直都在乡下的小学读书,爸爸妈妈去了别的城市,所以她和爷爷奶奶一起生活。

罗丝家也有一条狗,还有一只猫,但是那只猫不常回家,而是在乡下四处闲逛。罗丝的家门前搭着瓜架,她也不知道是什么瓜,只知道黄色的花开了之后,晚上会吸引来发光的萤火虫。她有一次让奶奶帮她把萤火虫捉起来放进玻璃瓶里,晚上睡觉的时候就放在床头照明。

罗丝带简去田地里玩,拔萝卜和捉蝴蝶,或者去小河边抓小鱼,还有去小山上采野果子。简这个暑假几乎玩疯了,每天回到家不是满身水就是一脚泥。然后她在妈妈帮她洗脚的时候痒得咯咯笑,从口袋里掏出吃剩下的野果子送给妈妈。

十三

但是很快,简不得不和罗丝说再见。因为这个暑假还没过完,外婆就去世了。

那一天,简茫然地看着妈妈和舅舅们忙进忙出,她不知道发生了什么,但是她看见妈妈快要哭的表情,害怕得大哭起来。

那两天,简拜托罗丝来陪自己睡觉,因为妈妈忙得没有时间照顾自己,她答应说会给罗丝讲睡前故事:"你知道吗,在很远很远的天上,有一群我们看不见的银河系精灵,其中,有一个可爱的小精灵叫作托米,他是由一个小男孩的愿望而诞生的……"

两天后,简被妈妈带到一座鼓鼓的高高的小山丘面前,妈妈对她说,外婆以后就住在这里。

"我知道啦!"简迅速举起手抢答,"那个朝托米扔小石头的老奶奶也许不是戴西,因为外婆也知道他们的故事,那个老奶奶有可能是外婆哦!"

妈妈露出一个伤心的微笑,她抱住了简:"简,我的宝贝,我想你是对的。"

十四

在妈妈给简读的童话书里,小精灵贝塔是这样说的:"银河系精灵的陨落,就是人类所说的死亡——"

但是在简讲给罗丝的故事里,她记错了,她说的是:"人类的死亡,就是银河系精灵所说的陨落——"

"——这只是生命旅途的一个必须经过的站点,但生命的轨迹实际上是一个圆圈。"

摘月亮的桑尼

徐艳阳

每个人的心上都有一个缺口，形状各不相同，有的是三角形的，有的是五角星形的，有的是歪歪扭扭的锯齿形，呼呼地往灵魂里灌着刺骨的寒风，就算是太阳一样完美的正圆形也未必填得了。而每个人终其一生就是要找到适合自己形状的碎片来填补。桑尼心上的缺口，恰恰是一个月亮形状。

夜幕降临，月光如流水般倾泻而下，旁边的小溪泛着粼粼波光，好像星星被揉碎洒在了河面上。桑尼每晚都躺在森林的草地上，仰望着那颗天体，如此遥远又仿佛近在眼前。他张开五指伸向天空，任凭流光穿过指节的缝隙，不管他下一秒怎么握紧拳头，都抓不住一丝丝月光；不管桑尼怎么祈祷，等太阳一出来，月亮还是连个影子都没有留下。

"奶奶，如何才能拥有月亮？"桑尼觉得，刚补上自己缺口的奶奶一定能给出最棒的办法。

"月亮不会奔你而来，你只能自己去摘它。"奶奶回答说。

桑尼若有所思。他决定立马实施自己的猎捕月亮计划。他想起曾经看到蜘蛛不停地织网，捕住了虫子。桑尼就开始向奶奶学习织毛线。他不停地织呀，织呀，每晚都跑到悬崖边，用力抛向月空，可每一次都连月亮的边都没触到。他还是不停地织呀，织呀，毛线网变得越来越大、越来越重，有一次甚至差点因为重力把桑尼拖下悬崖。可是月亮还是高高挂在天上，一到早上就消失不见。过了好久好久，桑尼的缺口仍然没有补上，每一秒都有冷风呼呼地灌入，失去庇佑的灵魂渐渐多了褶皱，仿佛一搓就能捻成灰土。但他还在不停地织着……直到桑尼咽下最后一口气，那张巨大的网重重压在他的身体上。

月亮，当然还是没有被桑尼摘下。

林中的仙子路过，轻轻地叹了口气，把桑尼织的毛线网裁下一块，剪成了月亮形状，盖在了他的心口。

原来，不只有高悬天上、抓不住的才是月亮。

像黄昏的黎明

于弋洋

"皇太女,时间快到了。"金乌又看了看水塘中的自己:在落日的余晖中,光滑的毛发熠熠生辉,每一个发尖都摇曳着熹微的闪光。身上的花纹错落又均匀地排布着,毛发下结实紧致的肌肉蛰伏着,只等着一声令下,就迸发出蓬勃的力量。她最后将目光落在了自己的脸上。深棕色的眼睛,中间的竖瞳散发出坚定又警惕的光芒。

是的,她是一只豹猫。准确地说,是朱杨山猫王国女王的独生女。今天,她就要启程前往两脚兽世界,开始她登基前的最后一次历练。虽然在之前,她只是在老师与侍卫的陪伴下前往过两脚兽较少的农庄与城市的边缘,但是她相信凭借自己的能力一定能带着两脚兽城市的物品顺利归来。

夜幕缓缓降临,金乌的眼睛越来越适应环境。黑夜好像赋予了它翅膀,她用自己最快的速度在灌木丛间飞奔,穿过草地,走过森林。她跑得越快,心却越静,心中只余一个目标像是魔鬼一般呼唤着她,昼夜不息。

不知过了几天几夜,几幢小楼映入她的眼帘。金乌知道,她已经接近两脚兽世界了。作为大贤者极少数的皇室学生,她对自己的能力很有自信,她一定会深入两脚兽城市中心,拿回祖辈都没能拿回的特殊物品证明自己。

金乌放慢了速度,开始巡视这新的世界。

那个不动的、白色的、又凶又胖的大猫?算了,实在是太大太重,自己拿回去确实是个问题。

每一只两脚兽爪子上都有的各色薄板?那会不会像我们的尾巴一样,要不怎么会时刻放在身边呢?

金乌晶莹的眸中映入人类世界的万事万物,却无一件入心。

突然,她的耳朵动了一动,耳畔一阵喧哗,夹杂着一群两脚兽的脚步声。她迅速地避开,看向那边——

是一个人。

他的身旁有人帮他挡着两边伸来的长枪短炮,他走在空出来的路上,金乌下意识地将视线落在他的脖颈上,那是所有食肉动物都垂涎的地方。他的脖颈脆弱又可口,上面被一串项链环绕着,项链上的石头安静地闪烁着炫目的光芒。

就是它了!那串项链!

金乌几个跳跃,灵活地穿过两脚兽长长的后足丛林,视线不经意落在他的脖颈之外,一瞬间慌了神。

他有着猫族也会惊艳的容颜,走着猫族一般优雅的步伐。

她撞进他的怀里,忘了项链。

金乌就像被暖阳晒后留有余温的柔软草地包裹着,像是被飘逸的轻纱一般的月光拥抱着,她似乎闻到了雨后的丛林那万物生长的气息,她失去了思考的能力。

等她清醒过来,她已经成了他的猫。

她没有得到他的那条项链,但是她的脖颈上也有了一条相似的,只不过应该是闪光石头的地方被一个精致的铁牌代替,上面写着她的名字。金乌拥有了新的名字,叫抱抱,这是为了纪念他们的初见。

她记得母皇的叮嘱、国民的期待,却告诉自己早已遗忘。

她被爱情的箭狠狠地贯穿,却甘之如饴。他很爱她,很温柔,很有爱心,细心照顾好她的一切,还会去给流浪猫狗喂食。

平静而幸福的生活没有持续多久。金乌发现了熟悉的身影,是自己的老师——大贤者。老师告诉她,她的母皇病重,想见她最后一面。金乌犹豫,怕此一去再也回不来。大贤者狠狠地训斥了她,并告诉她即便不想继承王位也要回去见即将死去的母亲,并将王位传给可靠的猫。

金乌最终还是随大贤者回到了王国里。但是她发现她的母亲并未病重,只不过出现了一只猫自称是她的姐姐,她说她叫广寒,她带回了人类社会的物品,她想要成为新的王。

金乌询问母亲其中原委,但她并未回答,只是让她与广寒决斗。金乌不想长留在此,但也不想让不知从哪里出来的姐姐广寒继承皇位,于是只能与其决斗。

她脖颈上的名牌成为她站上决斗场的砝码,可她拼尽全力却没有战胜广寒。金乌一次次用着曾经学过的那些技能,凶猛地扑向广寒。她翻滚、扑抓、用她的利齿对准那可恶的脖颈。但是这些能力不仅没能让她靠近广寒分毫,甚至还让金乌屡屡挂彩。最终,金乌再也爬不起来,广寒没有杀死她,只是将她放逐。

金乌失魂落魄,待她能动便是下意识地狂奔。还是那熟悉的丛林,熟悉的草地,但是她心中早已一片空白。她还是回到了人类城市,回到了曾经的"家"里。

金乌的物品都还在,只不过多了一些,还多了几只看着眼熟、曾经在路上游荡的小猫小狗。金乌决心与之前的日子永别,她不愿意相信自己美好的家庭竟然不只是三角形,她也不愿意相信一向是天之骄子的自己败于那样一个见不得光的私生子。于是,她选择性地遗忘,就像其他宠物猫狗一样,乖乖地吃吃喝喝，不时向他们展示自己的可爱。甚至她装作自己忘记了曾经青涩的爱恋，装作看不见那个以前眼中只有自己的两脚兽用同样温暖的臂膀拥抱着其他动物。

不知怎么跨越遥远的路途，王国里的消息传到了金乌的耳朵中。有人说广寒十分好战，已经和周边很多王国宣战，本国损失惨重；有人说广寒只吃老鼠的尾巴尖、青蛙后腿最肥嫩的一块肉和昆虫的翅膀，每天的食物要一百只猫才能采集到。

金乌趴在冰冷的窗台上向外看了一晚。

金乌细细回忆曾经的爱恋，她惊讶又恐惧地发现，那个她以为会铭记一生的惊鸿一瞥被岁月淘洗得只剩下那条项链，或许说那颗闪光的石头。

曾经那样有野心有抱负的是她，现在安于一隅不思进取的也是她。她不敢相信自己曾经是那样的豪情万丈，就像曾经的她一定会看不起现在沉醉在舒适圈的自己。她的血液中跳动着山的深邃谷的空幽，她属于远方。她可以放弃一切，但是不能放弃心底的愿望。

金乌尽全力扯下了曾经引以为豪的、写着她名字的项链，开始在大街小巷中寻找遍布在这个城市中的流浪猫，劝说他们加入自己、反攻王国。那里有足够的食物与宽阔的领地，他们将创造属于自己的新世界！虽然这劝说往往以打架之后的不欢而散结束，但是一个月后，她学会了独立生存与真正的生死决斗，她终于有了一队追随她的亲信。

王国中的决斗以金乌的胜出结束。广寒确实有几分实力，但她身边的还是金乌熟悉的母亲的旧臣。金乌想，他们的战斗力与自己带来的队伍相当，但是或许是因为曾经的情谊又或许只是因为做惯了墙头草而轻易倒戈。

金乌制服了广寒，宣布了易帜。

当金乌走在她的子民身边,她惊讶地发现他们竟然怀念那个两个月的王——广寒。子民们会向金乌打招呼,但是更多的还会叽叽喳喳地说:广寒大王说每只猫都有讨论各项决定的权利,广寒大王很厉害,广寒大王会用铁腕的手段公平地分配食物与领地。

金乌惊讶不已,她以为子民会把广寒短暂的统治当作一场幻梦,她以为自己那么多年的皇太女身份足以让他们支持自己。

她愤怒地去狱中找到了广寒,广寒没有多说什么,只是说,金乌是从其他人家抱来的,并非王族,她才是母亲的亲生孩子。

她还说,金乌你除了身份还有什么?可惜那身份还是假的。但我不屑于用这个代替你,因为你即便有这个身份也比不上我。

金乌大怒,她说她也给每个人应有的权利,她要让每个子民从心里认同自己。

为了获得认同,她学着像广寒一样,试着用新的观点治理国家。她对子民说着她都不知道是什么的四个字又四个字、这个先生那个先生。可是,那些随风倒的旧臣就那样轻易地倒向了别人,他们说允许金乌重新坐上了那最高的位子,但是,不许再推出什么乱七八糟的东西,一切都按照她的母皇,乃至之前无数代的王一样进行。

她想拒绝,但是又不知为什么拒绝。金乌太想证明自己,太想告诉母亲告诉广寒告诉所有人,她并非只是那个天真可爱的小公主。于是,她妥协。

几月后,金乌隐约听说广寒在协助下越狱,不日将反攻王城。她除了厌恶,竟多了一丝期待……

俄耳甫斯

宋梓境

从前有一位歌手，叫俄耳甫斯，
他的歌声十分动听，四方的人儿都为之倾心。
凭着美妙的歌声，俄耳甫斯娶到了自己的妻子，欧律狄克。两人恩爱甜蜜地生活着。
后来，连神明也听说了俄耳甫斯，说他的歌声比阿波罗的还要动听。
于是，冥王哈迪斯为了让俄耳甫斯为自己唱歌，将欧律狄克骗下了冥府。
一只衔着银币的蝮蛇缠上了金丝雀，欧律狄克渡过了冥河。
俄耳甫斯历尽艰险来到冥府，要哈迪斯将欧律狄克归还。
哈迪斯说，你需要为我唱一支曲子。
俄耳甫斯充满情感的歌声打动了冥王。冥王答应复活欧律狄克。
"不过有一个条件，"冥王说，"你带着她走出冥府，不能回头，否则她将永远留在冥界。"
俄耳甫斯牵着欧律狄克漫步在通往人间的走廊，一只金色的鸟飞过来，对着俄耳甫斯说：
"艺术一旦歌颂美好，远离了恶与死亡，就立刻滑向了无聊。

"欧律狄克将投射到人间万事万物，你将会对人间的一切都充满感情。"

一只墨色的鸟飞过来，对欧律狄克说：

"创伤的艺术才能称作精品，总要有人成为艺术的祭品。"

欧律狄克对俄耳甫斯说："亲爱的。"

俄耳甫斯回头："亲爱的。"

欧律狄克变成了石头，永远留在了冥府，失落的俄耳甫斯被阿波罗和赫尔墨斯带回了人间。

"亲爱的，为什么冥王明明答应放回我，却又提出了这么奇怪的要求呢？"欧律狄克环抱着俄耳甫斯。

"因为冥王提出的那个要求，我才没能救你出来，都是我的错。"俄耳甫斯摸向欧律狄克的手，却摸了个空。

欧律狄克漂浮起来，转了一圈，吻了俄耳甫斯正在创作的诗歌："哪里有什么哈迪斯，而我的死和你有什么关系呢？"

俄耳甫斯的诗歌中，诸神以恢宏的史诗存在着；俄耳甫斯的人间里，只有欧律狄克的墓间文字：

"美丽而善良的欧律狄克女士，死于贫病交加。"

勇 者

邹冰淇

1

"听到了吗？怎么不说话？"妈妈抬手在伊索眼前晃了晃，"刚才跟你说，你柯尔舅舅搬到邻城了，你去和他学养花，你看怎么样？"

伊索低下头，两根拇指局促地相互摩擦着："妈妈……你知道的，我……我想当一个勇者……"

妈妈皱起眉头，显然不满意他这个回答："可是伊索，你当不了一个勇者的。"

妈妈耐心地跟他解释："勇者要为国王征战，还要和许许多多可怕的怪物打斗，即使是像海格先生那样伟大的勇者——"

伊索听到这里，飞快地抬头，看向墙面上的巨型画像：高大威猛的男人穿着一身闪闪发光的盔甲，他的双眼中迸射出强烈的辉光，让人相信，即使前路艰难无比，他也会凯旋，没有任何挫折能够打败他。

这是勇者海格，世界上最伟大的勇者，他十六岁的时候独自前往冰原解决了吃人的恶熊，后来又和秃鹫搏斗……

"——他也在十几年前失去了性命，不是吗？"妈妈提到这里，眼睛里闪烁着泪光点点，"海格那样健壮，都无法保护好自己,伊索,你让妈妈怎么能放心你去当一个勇者?"

伊索把自己的指甲边缘抠得坑坑洼洼,他动了动嘴唇,想说什么话,但是最后什么都没有说。

2

集市门口是一个巨大的雕塑,雕塑旁竖着一个大大的木牌,木牌是城主发布告示的地方。今天,木牌附近围满了人。

伊索跛脚,个子也不高,即使能够踮起脚来,他也不能越过人群的头顶看见木牌。

"天哪!是巨狼!"人群中传来一声尖叫。

短暂的寂静过后,议论声迭起。

"城主在寻找勇者去驱赶巨狼呢!"

"巨狼,真的是那种一爪子可以按死一个人的巨狼吗?"

"不……实在是太可怕了,这只巨狼居然就在我们克里城附近!"

克里城最高大的少年卡帕斯站在人群之外,轻松看见了木牌上的内容:

"我亲爱的克里城民众:

相信你们中一些人已经发现在克里城西边的森林里能闻到血腥味或者腐臭味,事到如今,我不得不告诉你们:克里城西边的莫克森林来了一头残暴的巨狼。至于血腥味和腐臭味,经过讨论和一些目击者的说明,我怀疑这只狼应当吃了不少人。我希望大家近日尽量避免到莫克森林去,我也将尽快召集勇者们组成小队,为大家驱赶巨狼。

希望大家都能有好运!

克里城城主：塔克"

告示旁边贴着的就是城主的勇者召集单，克里城的守卫站在告示牌旁，告诉大家：有意愿前去驱赶巨狼的勇者可以在召集单上写上自己的名字。

伊索弯腰进入人群中，他在告示牌前抬头，看见勇者召集单上空荡荡的。伊索咬了咬嘴唇，回头往家的方向看了看，他的家太远了，在小城边缘，而集市在小城中心，他连自己家房屋的尖尖都看不到。伊索抹了抹湿漉漉的手心，挺直了腰板，从告示牌下面的小篮子里取出一支笔。

"喔！"头顶传来一声怪叫。

"瞧啊！这是谁？"卡帕斯夸张地张大了嘴巴，"只有一只眼睛的跛脚伊索！天哪天哪，你拿着这支笔干什么？不会是想在勇者召集单上写名字吧？"

本来并没有注意到伊索动作的守卫听见卡帕斯的叫嚷，转过头来打量伊索，在看清伊索只是一个残疾人之后，皱起眉头对伊索摇了摇头："召集单并不是开玩笑，你这样的人去了只会白白送命。"

伊索攥了攥手中的笔，他涨红了脸，很小声却很坚定地说："我……我不会添乱，我很勇敢。"

守卫没想到这个孩子这样固执，他有些不耐烦地道："我们只召集健全的勇者，请你不要给我们添麻烦。"

讨论够了告示的人们把注意力转移到了伊索和守卫身上来。

"这不是杜丽婶婶的儿子伊索吗？杜丽婶婶要把他送去学养花的呢！"

"他还没放弃当勇者吗？"

"哦，他真是异想天开，从来没有一个残疾人能够成为勇者……"

人们下意识地去看木牌旁边高大健壮的塑像,这是世上最伟大的勇者海格的塑像。城主将他铸造在集市门口,这样方便塑像每天受到无数人瞻仰——哦,还有一点,那就是人们相信,勇者海格会震慑那些小偷,让他们不敢在人流密集的集市做坏事。

此刻,伊索正站在木牌边角,而木牌又紧挨着勇者海格的塑像。他们两个落在人们眼中,一个威严勇武,高大健全,一个面色难看,苍白瘦小。

像是丛林中的雄狮与一只老鼠对峙。

人们不禁哄笑起来。

卡帕斯从伊索手中抢走了他的笔,并将所有的笔都握在手里,而后高高举起,嘲笑道:"想要签下你的名字?你拿得到笔吗?"

"还是去做花匠吧,至少还能养活你自己呢!"人们唏嘘。

伊索捏紧了拳头,默默离开了。

3

在召集单上写下名字的勇者们和城主派出的士兵们结伴而行,他们在黑暗中撑着火把前进。

夜很深,天空黑得像集市上卖的芝麻。

伊索握紧弓箭,他悄悄跟在队伍后面,他们在天亮之前到达了巨狼的洞穴,勇者们抽出尖刀。

可是谁也不敢第一个进入巨狼的洞穴。

时间一分一秒地流逝,晨曦的第一抹微光破开芝麻的表皮,天空像一块破掉的馅饼,馅料争先恐后地溜走,很快就只剩下了白色的馅饼皮了。

这样一来,在阳光普照的白天里,幽暗深邃的洞穴变得可怕了许多。好像它和外界被分成了两个世界,洞穴之外是美好的森林,树木茂密,鸟鸣清脆,洞穴之内是见不到一点光的幽暗隧道,里面住着可怕的吃人的巨狼。

僵持不下的时候,总需要什么东西来打破平静,就像光束捅破黑夜一样。

巨狼在洞穴里发出一声惊天动地的长啸,林中的鸟儿迅速扑腾着翅膀争先恐后地飞走,勇者们也仓皇逃跑。瞬息之间,空地上只剩下了几件慌忙逃命中没来得及捡走的武器和散落的火柴。

伊索躲在石头后面。他腿脚不便,如果巨狼真的要出来吃人的话,他是跑不掉的,他也就没有跑。并且——伊索握紧自己的弓箭,他想要为大家驱赶走这只可怕的巨狼。

伊索深吸了一口气,他从大石头背后站出来,捡起地上的火柴,又拿起一只火把,鼓足勇气慢慢往洞穴里走。他的步子迈得很小,却很坚定。

火柴在漆黑的洞穴中燃烧,微弱的光笼罩着伊索。

洞穴里充满了血腥味和腐臭味,但是伊索走了一路,还没有看见任何人或者野兽的骨头。如果这只巨狼真的如告示所说,吞吃人的话,洞穴里不可能没有骨头。

在黑暗的尽头,伊索看见了一只绿色的眼睛,同时,伊索注意到,他鼻端萦绕不去的血腥味和腐臭味达到了前所未有的浓重程度。

"少年人,"这声音苍老而嘶哑,"你进入我的洞穴干什么?"

伊索和这只绿色的眼睛对视,他和眼睛的主人保持着一段距离,没有再上前:"你是吃人的巨狼吗?"

与他对视的眼神变得很怪异,伊索后退几步,以为巨狼恼羞成怒要吞吃他时,巨狼又出声了:"我是巨狼,但是我并不吃人。"

"那……那……"伊索结结巴巴的,一时想不出要说些什么,过了一会儿,他说:"那,你的洞穴里怎么有这么浓的血腥味?"

"我受伤了。"巨狼说,"我流了很多血,伤口正在腐烂。"

伊索点燃手中的火把,比火柴要强烈无数倍的光一下子照亮了洞穴,足足有二十个人站在一起那么大的巨狼正蜷缩在地面上,它只有一只眼睛,强烈的血腥味和腐臭味正是来源于它的躯体,它的躯体遍体鳞伤,背部和腰腹血肉模糊。

"天哪!"伊索惊惧地叫了一声。

巨狼睨了他一眼,自己舔舐着深可见骨、根本无法痊愈的伤口。

伊索犹豫了一会儿,对它说:"你能保证永远都不吃人吗?"

巨狼嗤笑了一声,说:"我马上就要死了,我活到现在,从不吃人,在剩余的日子里也不会有力气吃人。"

"你伤口的味道吓到了过路的人们,他们都以为你吃了人。"过了一会儿,伊索说,"如果我为你治伤,你可以答应我永远不伤害人类,并且向城里的人们说明情况吗?"

"我愿意。"巨狼说。

4

集市木牌上的召集单被揭了下来,新的告示覆盖了旧的告示。但这些伊索并不知道,他已经顾不上这些了。妈妈总是让伊索去柯尔舅舅那里学养花,伊索不愿意,为了让妈妈没办法一直唠叨他,他就每天早早地离开家,到森林里为巨狼治伤。

"妈妈想让我做一个花匠,可我想成为勇者。"伊索坐在大石头上,对巨狼说。

"哦,那当然最好,"巨狼说,"可是你这样弱小,勇者需要脚踏实地的努力,使自己变得强健。"

"城里会格斗技巧的老师们都不愿意收我。"伊索有些沮丧。

巨狼仔细地看了一会儿少年的神色,沉默了一会儿,道:"或许,我可以教你。"

伊索的训练开始了,每天第一抹阳光出现的时候,伊索从家中出发来到森林,等到傍晚天空染上橘子汁水的色彩再回家去。

一个月过去,巨狼的伤痊愈了,伊索仍然瘦小,但是他已经掌握了许许多多的格斗技巧。

"我们一起去探险吧!"伊索说,"最伟大的勇者海格有一只巨狼做伴,我想,我们也能像他们一样,并肩作战,一起成为新的、最伟大的勇者!"

巨狼听着伊索的畅想,它说:"最伟大的勇者意味着堕落。"

伊索想了想,重新道:"那我们就成为最平凡的勇者!"

5

按照他们的约定,痊愈了的巨狼应该和伊索一起入城,向人们解释先前的误会。伊索和巨狼同行,起初还有人受到惊吓,可是当人们发现巨狼和伊索一样只有一只眼睛,还很老,浑身都斑驳着伤疤后,人们就开始远远地看着他们窃窃私语。

"是那个妄想做勇者的伊索,他还带了一头又老又残的狼。"

"听说他的偶像是勇者海格,海格也有一头巨狼,他这是在学海格吗?"

"可是海格的巨狼威风凛凛,他的巨狼却和他一样是个没有用处的废物。"

卡帕斯走过来亲热地拍了拍伊索:"你是从哪里找来和你一样又瞎又没用的狼的?"

他的声音格外大,清晰的话语传到每一个人的耳朵里,人们哄笑开来。

欢快的气氛一时间充斥着小城,仿佛当初被吓得落荒而逃的勇者并不是卡帕斯,仿佛惊惧得根本不敢踏入森林的人们并不是克里城的城民。

"它才不是又瞎又没用的狼!它很厉害的!它——"伊索下意识地去看木牌上的告示,他想告诉人们,巨狼就是被人们误会吃人的那只狼,它很厉害,会许多格斗技巧,还知道很多他不知道的事情,可是伊索没有找到那张告示,新的告示覆盖了一张又一张,在木牌上积起了一个指甲盖左右的厚度,最上面的那一张显示,城外森林已经被划为禁区。

"它什么?"卡帕斯打断他,"你该不会要说它是森林里的那头巨狼吧?别想骗人!伊索,我告诉你,你可没有跟我们一起去驱赶巨狼,你根本不知道森林里有整整十六只巨狼,我们勇者小队和巨狼搏斗了整整一天!"

"是啊!"木牌旁边的守卫也说:"我的士兵朋友说,他那一天看到洞穴里有无数双狼的眼睛呢!"

伊索怔住了,他茫然地盯着木牌看了许久,看看信誓旦旦的卡帕斯和守卫,又转过头去看巨狼。

巨狼对他摇了摇头。

6

"他们并不需要你的帮助,甚至根本不信任你。"巨狼对伊索说,"即使你能做勇者,也注定是一个失败的勇者。"

伊索在石头上坐了整整一个下午。

当落日逼近山头时,伊索从石头上跳了下来,他说:"总会有人需要的。"

他看向巨狼:"我想离开克里城,我要去做一个真正的勇者,总会有人需要我的。"

巨狼摇摇头,它并不看好他:"每一个勇者都曾像你这样一往无前并且热情赤诚,但是从他们开启勇者之路的那一刻起,他们就已经走向自己灵魂的末路。"

"你从未遇到过真正能危及生命的困难,你也没有面对过直达你内心的诱惑。"巨狼说,"我曾经和一位勇者相伴数十年,他也曾像你一样胸腔炽热,可是当他的青春逝去,不再年轻,身体不可避免地走向衰弱时,他放弃了手中的长剑,沦为过去他最憎恶的怪物。"

伊索并不明白巨狼的话,但他已经决定,他会始终为有需要的人而战。

"天快黑了。"巨狼慢慢进入山洞,它要睡了,伊索也该回家了。

"烈,"伊索叫住了它,他看着它,认真地说,"你是最厉害的狼。"

巨狼的身躯微微停滞,最后隐没在洞穴的黑暗中。

7

德特城的湖里出现了鳄鱼，鳄鱼吃掉了很多人。德特城的城主向邻城克里城城主发去了求救信，请求克里城城主帮德特城召集一些勇者。

由于已经有许多勇者在德特城被鳄鱼杀死，这一次的召集放宽了限制，残疾的伊索得以前往。

伊索和勇者们拿着各自的武器前往德特城的索因湖。

周遭林木掩映，湖水平静无波。

一位勇者往湖中掷了一块石头，接触水面特有的黏糊糊的"咚"声响起，水面荡起层层涟漪，而后渐渐趋于平静。

"鳄鱼走了吗？"另一位勇者轻轻出声。

大家面面相觑许久，终于有一位勇者大着胆子进入湖中。

他的脚慢慢被水面覆盖，接着是渐渐埋入水中的小腿，水一点点掩盖他的身躯，一直到他的臀部都进入水中。

湖面依然没有任何动静。

"我想，"水中的勇者转过身来面对大家，他本来略微有些僵硬紧张的面部也完全放松下来，他甚至露出一个笑容，"这里根本没有鳄——"

其他的勇者听着他的话，也都渐渐松懈下来，许多人露出同样轻松的笑容，然而瞬息之间，水中的勇者发现他面对的勇者们表情变得十分怪异，他们中，刚才露出了笑容的脸的，此刻嘴角僵硬，甚至身体隐隐颤抖，没有露出笑容的，眼睛忽然睁大，瞳孔中写满了惊惧，惊慌的声音打断了水中勇者的话："快跑——"

无数的鳄鱼从湖水中现身，极其快速地逼近了岸上的勇者们，仅仅是眨眼之间，鳄鱼已然来到勇者们面前。伊索清楚，必须有人留下来和鳄鱼搏斗，以拖延时间争取让更多的人能够逃生。一条鳄鱼猛地扑过来，伊索推开了同伴，咬牙转身，握紧自己的长矛，跳起后用力刺向鳄鱼的眼睛……

……

伊索感觉到自己的生命在流失，他的腰腹几乎被鳄鱼咬断了。

强烈的疼痛已经麻痹了他的感官，一切都变得模模糊糊了。

眼前的世界也变得雾蒙蒙的，迷雾重重中，他好像看到了巨狼，耳边也隐隐响起了巨狼的叹息。

"死亡是最可怕的东西，勇者每一刻都在走向死亡，即使是这样，你也要做一个勇者吗？"

伊索以为自己会疼得说不出话来，但当他试图张开嘴巴时，他却发现自己的声音并不如想象中嘶哑虚弱，身体像是忽然间有了无尽的力量，让他能够流畅地将自己想要说的话完整地说出来。

他说："人都是会死的。生命从婴儿诞生的那一刻起就在向死亡靠近。可是你看，我有爱我的母亲，即使她的儿子离开了她，但我相信她会为她的儿子骄傲；我有我的朋友，即使我死去，你也会记得我，哪怕记忆并不永恒，在你记得我的短暂岁月里，我也将与你共生。"

巨狼说："可是很多人都看不起你。"

伊索回答："他们看不起我，因为我身体的残缺瘦弱，但是我并不因为我的残缺瘦弱而感到羞耻。正相反，我为我的勇敢而骄傲。"

巨狼又说："你的生命在这世上只不过是一粒渺小的灰尘。"

伊索说："灰尘又怎么样呢？我愿意做一颗渺小的灰尘。"

巨狼没有再说话。

8

巨狼背着濒临死亡的伊索,前往火山。巨蛇赫洛莫斯曾经是神祇,后来堕落为恶魔,盘踞在火山。假如来者身上有巨蛇想要的东西,巨蛇可以用满足来者的三个愿望为条件,交换自己想要的东西。巨蛇曾经想要和巨狼交易,可是巨狼拒绝了它,那时候巨狼说:我永远只信任我所创造的,世上没有凭空得到的东西。

可是现在巨狼回来了。

巨蛇在地面上盘曲而行,来到巨狼面前,围绕它周身一圈后,头猛地靠近巨狼,深深地吸了一口气。

"你似乎更美味了。"巨蛇喟叹,它贪婪地呼吸着巨狼的味道,迫不及待地问,"你现在回来,是决定了要跟我交易吗?"

"是。"巨狼回答,"我知道你想吃我的肉。"

它说:"我可以把我一身的血肉都给你。"

巨狼趴下,转过头凝视了一会儿伊索。它能感觉到伊索身体的温度在流失。它对巨蛇说:"我希望你能给我背上的这个人一个健全的身体。"

巨蛇说:"你可以要三个愿望,你现在只要了一个,用你的生命来换取区区一个愿望,这并不划算。"

"我只要这一个,我已经老了,他却依然年轻。"巨狼站起来,它最后看了巨蛇一眼,向它告别,"再见了,老朋友。"

巨狼重新奔跑起来,它雪白的影子慢慢在巨蛇的视线中变成一个小点。

疾风从耳边掠过,寒冷的气息如冰刀刮在巨狼的脸和身躯上。巨狼厚厚的长毛包裹着伊索，足够为伊索驱走严寒。

巨蛇在吸取它的血肉。当它跨越荆棘的时候，它已经矮了一半，完整的皮在它已经残缺了一半的血肉上乱撞。

它背着伊索向北而行，雪原是巨狼的家，即使那里有永远驱赶不走的黑暗，它也永远深爱那里。假如死亡不可避免，假如它最终不能像它和伊索约定的那样，相伴而行游历世界，那么它愿意在故乡长眠。

当它把伊索放到自己的洞穴中时，它几乎已经成了一张狼皮。它用尽最后一点力气，将自己盖在伊索身上，为他取暖。

9

伊索从沉睡中醒来，睁开眼后面对的仍然是不见五指的黑暗。他似乎睡了很久，各种感官都变得极其迟钝，他拂开身上盖着的毛毯，摸着墙壁慢慢往外走，当他双腿站立在地面上时，他发现身体似乎有些不对劲：他的右脚变得和左脚一样有力了。

走出陌生的洞穴，伊索眼前仍然是无边的黑暗，但当他抬起头仰望星河时，他发现他的左眼也看见了璀璨的繁星。他在北极星的指引下不断地向南行走。

他跨越了荆棘，来到玫瑰国。

玫瑰国西边的龙岛上住着一条巨龙，巨龙每一年都要求国王给他金银财宝，今年，由于国王实在满足不了巨龙的要求，巨龙就在一个夜晚抢走了公主，还吃掉了好几十个国民。国王正在召集勇者去对付巨龙。

守卫将伊索带进皇宫。

年迈的国王看着他并不强壮的身躯，叹息一声："十几年前，最伟大的勇者海格在龙岛失去踪迹，强壮如海格，也没能杀死巨龙。"

伊索说:"我会拼尽全力。即使我丢掉性命也无法杀死巨龙,情况也不会比现在更糟,不是吗?"

没有人愿意去给巨龙做盘中餐,伊索于是独自一人前往龙岛。

在通往龙岛的路上有一大片森林,伊索从一个捕鸟网中救下几只小鸟。

小鸟们告诉他:"在南边的喀西沼泽地,住着一只也很可怕的怪物,她叫美杜莎,和她对视的任何活物都会变成石头,她有一把剑,这把剑可以砍断世界上最坚硬的东西,如果剑沾上了血,剑甚至可以腐蚀血肉,我想,如果你要去对付巨龙,这把剑能够帮助你。"

"如果你想要救被巨龙抓走的公主的话,她被困在龙岛最高处。"

伊索亲了亲小鸟们的头顶,说:"谢谢你们!"

小鸟们绕着他飞了一圈,往森林深处去了。

伊索按照小鸟们的指示向南行走,绿色的森林在眼前渐渐退却,换上新的、枯败的植物来,沼泽地慢慢露出它的样貌。伊索捡起一根枯枝,闭上眼睛,用枯枝敲击地面,摸索着向前。

窸窸窣窣的声音飞快地由远及近,像是什么东西快速碾压过落叶。

"你知道我是谁,对吗?"美杜莎站在伊索身前。

伊索踌躇着说:"听说您有一柄剑,它能斩断世界上最坚硬的东西。"

"不错。"

"我想向您借一借这柄剑。"

美杜莎打量着这个瘦小的少年人,她说:"我可以把剑送给你。"

"但是，我需要你身上的一件东西。"

美杜莎转过身，看向一望无际的沼泽地："活物一旦和我对视，就会变成石头。"

她接着说道："却没有人知道，我眼中的世界永远都是和石头一样的颜色。"

她又绕到伊索身前来："我想要你的一只眼睛，我想用你的眼睛看你所能见到的正常的世界。"

"你愿意吗？"美杜莎问他，"失去了这只眼睛，你将会变成残疾。"

伊索并不知道他的左眼是怎样变得正常的，但是现在，他知道他要再一次失去它了。他说："我愿意。"

美杜莎得到了第三只眼睛，她将伊索的左眼安置在自己的额头上。她闭上自己原本的两只眼睛，通过第三只眼来看这个世界。

她看见枯败的树木，灰色的沼泽，她看向少年人来的方向，那里有绿色的树木，有红色的花朵，还有颜色各异的鸟儿。

她的手中出现了一把灰扑扑的、极不起眼的剑。她将剑递给伊索。

"我喜欢你眼中的世界。"她说。

10

龙岛和森林由一道长长的桥衔接。

伊索来到龙岛，龙岛的土地都是用金子铺的，城墙也是用金砖铸造，城门上用来照明的珠子是价值连城的夜明珠，钻石镶嵌满了城门。

"有人类的味道。"巨龙站起来,它庞大的身躯比城墙高了许多倍。

它振动双翼,来到伊索眼前。

"你来得真是时候,我正好饿了,虽然你少了一只眼睛,但是我想这不会影响你的口感。"巨龙怪笑了一声,张开嘴要吞噬伊索。

当它逼近伊索时,它在伊索身上闻到了另一种令自己害怕的气息。

巨龙转动着眼珠,它看见了伊索背上背着的长剑,长剑上带着令巨龙厌恶的气味,它看出了那是世界上唯一能伤害自己的东西。巨龙喷着龙息,对伊索说:"我有无尽的财富,你如果愿意和我成为伙伴,我们将所向无敌,甚至是公主,我也能让她嫁给你。"

"不,"伊索摇摇头,"我能够凭借自己的力量得到我所想要的。至于公主……"

他说:"公主的选择应该由她决定,这是她的权利,她的命运也只应该掌握在她自己手中。"

巨龙眼中的虚假的善意褪去,露出它狰狞的本貌。伊索神色一凛,将剑握在身前。

伊索杀死了巨龙,从龙岛最高处救下公主。

国王带着臣民们在城门处迎接他。

"我曾经许诺,如果有勇者能够杀死巨龙,我会将我的女儿嫁给他。"国王说。

伊索单膝跪地,向公主行了一礼:"请您务必真诚地告诉我,您是否愿意成为我的妻子?"

公主轻轻摇了摇头。

伊索有些失落，但他仍然从口袋里取出在龙岛上捡到的最美丽的贝壳，将它送给了公主。

士兵们将巨龙的躯壳运回了城。

国王诧异道："这……这似乎不是我十几年前见过的那条龙。"

国王还近距离地观察这条龙："我年轻的时候偷偷跑到龙岛附近见过龙，那时候的龙颜色好像比这一条要浅一点……"

国王注意到巨龙的脖子上系了一条方巾，这条方巾总让他觉得似曾相识。他使劲儿想了想，忽然"啊"了一声："天哪，还记得那位曾经要帮我们解决巨龙的勇者吗？这条龙脖子上系着的是他的斗篷啊！"

11

伊索给国王和公主各留下一封信后，就离开了玫瑰国。

勇者伊索杀死巨龙的消息如潮水一样传开。当他回到故乡的时候，他已经是远近闻名的勇者了。

伊索带着他的剑为德特城的人民杀死了作乱的鳄鱼。

十六岁的勇者伊索在玫瑰国斩杀巨龙，救下公主，又为德特城解决了鳄鱼祸患。现在，他的成就已经足够与世界上最伟大的勇者海格比肩了。

12

火山国在巨蛇赫洛莫斯掌控的火山旁边。赫洛莫斯每年都要吃掉一些火山国的国民，即使如此，它还是会时不时地发动火山，让火山喷出滚烫的岩浆，摧毁人们的房屋。

火山国国王听说了勇者伊索的事迹，千里迢迢传信过来，请求伊索帮助他们杀死巨蛇。

伊索来到火山，在赤红的山脚下，抬头看见了巨蛇。

伊索手持美杜莎给他的长剑，和身子足足有一座山那么粗的巨蛇对峙。

巨蛇盘绕在山上，头颅来到伊索面前。

它说："你身上有我熟悉的气息。"

"但我从没见过你。"伊索回答。

巨蛇说："曾经有一个勇士，他砍伤了我的尾巴，差一点让我丢掉了性命。"

"他像你一样，对着我举起剑。但当我对他说，我是曾经的神祇，能够实现他的三个愿望之后，他丢掉了他的长剑。"巨蛇回想着过去。

"他要不老不死，要最为坚韧的身躯，还要有无穷的财富。"

"于是我告诉他，玫瑰国东边的岛屿上，住着一条巨龙，只要他把那条巨龙吃掉，他就可以得到他想要的一切。"

"后来我遇到一只奇怪的狼，不，我是第二次看见它，第一次它和那个勇士在一起，第二次它背着你来见我。"巨蛇说，"我说我可以实现它三个愿望，它却只要一个。"

巨蛇望着伊索，金色的眼睛里闪烁着奇异的色彩："明明我见到那个勇士的时候，他的味道是那样芬芳，可是在我和他做完交易后，他就忽然变得恶臭无比。"

"我以为那只狼也会如此，可是它和我做了交易，身上的香味儿却一直不变，我几乎要忍不住把它一口吞下。"

"最后就是你，你和他们有一样的香气。"

巨蛇吐着长长的蛇信，张开的嘴巴露出尖牙："如果在之前，我可能会把你整个都吃掉，但我不久前才吃掉那头美味的

· 151 ·

巨狼，它太大了，我现在还没有将它消化完，但我又实在不愿意舍弃掉品尝你的机会。"

它的蛇信擦过伊索的脸颊："少年人，你很幸运，只用付出一口肉，我就可以为你实现三个愿望。"

它微微仰起巨大的头颅，说："你的愿望是什么？"

伊索打量着它的身躯，默默思索着。

"玫瑰国有一个地方叫喀西，"伊索冷静地道，"我想让你陪我到那里。"

"这并不难实现。"巨蛇用尾巴卷起伊索，眨眼之间，伊索就来到了沼泽地中。巨蛇实在是太大了，比山还要粗、比河流还要长的身躯几乎填满了沼泽。

黏糊糊的沼泽牢牢地吸住巨蛇，让它不断地下沉。

"这是什么东西？"巨蛇惊慌地在沼泽地中翻滚，当它发现它无法挣脱沼泽地的吸力之后，它向伊索投去怨毒的眼神，它轰然张嘴，伊索举起长剑与它打斗，巨蛇的尖牙狠狠地刮过伊索的右脚。

巨蛇被沼泽吞噬，伊索又变回了那个左眼看不见、右脚有些跛的少年。

但是再也没有人说他不配做一个勇者。甚至因为伊索只有一只眼睛，很多人因为崇拜他，会用一只眼罩挡住自己的一只眼，来模仿伊索。

曾经的海格画像上覆盖了伊索的面容。

城主要为伊索打造一个塑像，伊索也参与了塑像的建造。

当塑像完成，人们掀开盖在塑像上的毯子，却发现里面是一头狼，狼身后伏着一个小小的人。

小孩指着狼问伊索："那是谁呀？"

伊索说："那是最伟大的勇者。"

小孩挠了挠头又问:"那么您是谁呢?"

他说:"我是最平凡的勇者。"

伊索重新踏上征途。他在城门处遇见了同样骑着马一身骑装、英姿飒爽的玫瑰国公主。

公主站在绿色的树木之间,如同世上最娇艳的玫瑰花,她说:"从你离开的时候,我就爱上你了。"

他们一起到世界各地探险,帮助了无数人。

有人说伊索在找什么东西,似乎是一只巨狼。

没有人知道他有没有找到,但是人们知道,他随身携带一张狼皮,和公主结伴而行,为人们解决了无数可怕的怪物。

13

他是最伟大而平凡的勇者。

现 / 代 / 诗 / 作

你那美丽的月亮从梦里醒来

王靖云

你那美丽的月亮从梦里醒来,
星星在夜里坠入人间,
从此那迁徙的游云,
再也找不回南方的路。

你那美丽的玉兰从梦里醒来,
萦绕着洁白的芳馨,
昨晚的歌声在清晨被揉碎,
散入荷塘里泛起轻柔的涟漪。

你那美丽的青丝从梦里醒来,
一粒珍珠从梦里滑落,
枕头却不见泪痕,
那一晚的人们都梦见天空在哭泣。

我那颠簸的心在梦里睡去,
我的心是天空的倒影,
小船荡起木桨打碎水中的月亮,
波光温柔地闪烁着孩童的幼稚。

诗 / 心 / 古 / 韵

花下狐

夏雯婧

天宝十五年,安贼逼,西京①陷。玄宗携杨氏、诸皇子仓皇出逃。余皆为掠至东都②,城中牡丹,旦日赤艳,一夕皆萎。

有狐妖,化形于市井,唤令娘。善妖惑媚蛊,喜花柳间欢饮。盖心智未化,虽行逾,未尝加害于人。闻乱,施迷术,潜下掖庭以视。见一殊子,蛾面惨淡,白如霜纸,眉生愁云,蜷不可展。

子见之,言笑凄凄:"既知汝非寻常。何费心救之?妾不归。"遂日送餐食,护其周全。子感念之至。

他日问:"贵妃安在?"对:"缢死矣。"子黯然神伤,容缓道:"彼倾城娇子,媚术甚于妖,祸国至此,竟难辞其咎。然世倾颓,生涂炭,非一死以谢罪矣。"令娘惑:"汝等同类,何出此言?""狐尚薄知。汝几何食人心?"令娘辩:"未尝。不与同污。"子然之,笑曰:"人食矣。"相对无言。

至德二年,李豫授帅,收复东都。令娘笑,汝归矣。沈氏③不言。出居素简,鬻华服金饰,以济穷困。居无何,令娘过,备筵以谢。豫见其与风尘子善,微愠。仅以总角之宴对。洎史贼作乱,独沈氏寓东都,竟失踪迹。

广德元年,豫登极。一日空室窅然,寒灯半灭,见沈氏鼓琴于床,低鬟影倩。豫思之甚,又有愧,弃疑惧之心,径执其袖。汍澜④者久,嗔言:"胡为相弃,使女萝无托,秋扇见捐⑤?"稍纵化烟而逝。旦日惶惶,以妖物索魂。会一方士求见,询探几番,知乃狐妖作祟,遂布法阵,是夜引其原形毕出。

狐妖本陋。目生幽火,灼人发肤,嘴长牙利,狰狞欲吞人,哀叫凄绝,似初生婴啼⑥。闻者失色,鸟雀不言。忽恶臭盈室,狐妖方遁。方士知其天意,喟然辞去。独代宗瘫于地,目瞠然,神不可宁。

至扶疏林木,姗姗化形,尽态极妍。趋旧坊,环视皆藩贼,谈笑粗鄙,举止轻浮,众不敢言怒。见美娇娥,皆丑态毕露,蜂拥而争。令娘掩面娇笑,欲观隔岸火。竟血流三尺。官府追缉,但终不寻。坊间飞流,言妖狐惑世。然飞流难驻,盖藩贼饮血啮骨更甚。

沈氏喜忆曩者,谈及吴兴,神色动容。尝语令娘:"杪夏⑦时节,着青色襦裙,挈一两闺友,泛舟于荷下,与水色,碧色晕为同。"见其神往,又言:"吴兴之地,万物有灵。妾幼时尝救一白狐,今其报恩相见。"令娘惊异,遽问:"吾时化形术尚未纯青⑧,曷相救?"对曰:"汝可知汝陷危难之由?盖以青丘妖狐,食者不蛊⑨。妾习得狐为瑞兽,出则天下太平。⑩私心以救。然观现世,夷乱纷扰皆人为,瑞兽无用,神仙无用矣。"东都再陷,令娘携之青丘,病已膏肓,无欲背离天道,无何玉殒,葬于青丘某。

方士访仙,见一狐蜷于花下,前视,盖令娘所化。狐曰:"渠喜玩牡丹,常言牡丹比之杨氏,不娇不恃,实乃真国色。后藩贼侵,城中失水,仅余残骸尸骨。"方士叹,真痴狐也。

---

①长安。

②洛阳。

③沈珍珠，唐代宗之妃，唐德宗之母。

④哭泣的样子。

⑤引《霍小玉传》中句，意为男子负心，使女子独伤。

⑥《山海经》中记青丘狐，"其音如婴儿"。

⑦农历六月。

⑧《玄中记》中记"狐五十岁，能变化为妇人。百岁为美女，为神巫"，暂定令娘修行已逾百年，恰逢化形虚弱之时中陷阱。

⑨《山海经》中记青丘狐"能食人，食人不蛊"，意为狐能吃人，人吃了狐肉又会逃脱疾病困扰。

⑩始见于《山海经》，上古时，人视九尾狐为瑞兽，延至汉代、唐朝时风气趋下。暂定沈氏相信古籍且记忆稍有偏差，将九尾狐记成了狐。

近体诗

王靖云

清空泛月

冷起无眠似梦轻,
流光漫户坠明新。
秋风未起千山冷,
一曲相思万里音。

月下观

云守江天外,辉华玉露连。
山风向晚湖,清影渐霜寒。
倩笑探云出,乏倦拥枕眠。
残丛掩旧阁,曾照锈栏杆。

词

点绛唇·笛人远

月起幽笛,流光入户倾听远。横吹声慢,影渐思心乱。

若为安眠,苦念应拆半。三杯酽,梦时犹见,冷落波心滟。

冷

何俪媛　孙艺航

（一）

不知从什么时候起，王弗变得很怕冷，冷到令人发指的那种。苏轼一度认为是从南到北气候不服的缘故，但看着王弗青白的脸色，便请了郎中来看。郎中说这是因为王弗早年落水受了寒气，只能慢慢调理。若是男子，三五年也就调养过来了。但王弗不是。

王弗在心里无声地叹了口气，面上却还不动声色，向郎中道了谢。苏轼送完郎中回来，松松握住王弗的手——没用劲，但也没放开，坐在床边不发一言，只是盯着王弗看。

王弗笑了，反握住苏轼的手，说："没事的，官人，弗娘没事的。"

（二）

不要说是冬天——北方的冬天总是难熬的，漆黑、漫长、冰冷，伴随着呼啸的寒风霜雪，就算是在夏天太阳下去的时候，夜晚的风从门缝进来，在王弗的房间里待上一会儿，王弗都会抱着汤婆子在被子里发抖，连头都不露出来。苏轼担心她这个姿势对呼吸不好，想要扒开被子让空气进去一点，他将将把被子掀开，就看见了王弗在里面冷到牙齿发颤，却强自克制着从骨子里透出的冷意，抓着他的手慢慢坐起来，向他露出一个勉强的、具有安抚性质的笑。"没事的，官人，弗娘没事的。"这之后苏轼再也没掀过王弗的被子，他每每想起这个场面，只觉得下不去手。

她之前不是这么怕冷的。

他记得在中岩书院读书时，在唤鱼池旁远远看见王弗，她由侍女陪着，穿着淡色的衣裙，更衬得色若春晓之花。或许是因为她那时正年少，有亲人无微不至的照顾，尚未跟随自己十一年宦海沉浮，四处漂泊。看见苏轼正盯着她看，王弗也不羞恼，只是微微一笑，像是春日里最和煦的一缕日光，柔和而温暖。到后来终于征得苏轼父母同意，二人成亲共饮合卺酒时，他不小心碰到王弗的手，她的手也仍然是温暖的，甚至是滚烫的。一身大红嫁衣的王弗抬头，羞怯地看了他一眼，又抿着嘴笑了一下，与他一起将合卺酒一饮而尽。苏轼看着王弗因为醉意浮上一层薄红的脸，第一次感受到如此滚烫的温度，甚于新年篝火七月烈日，只一眼就能将他的心融化。

是从什么时候开始，王弗的手比他还要冷了呢？

苏轼想了想，伸手将王弗身上的被子掀开，王弗打了个哆嗦，一边发抖一边想说话，可话还没说出口，就被不知道是什么时候钻进被窝的苏轼抱住了。他把王弗的头按在自己的肩膀上，又为她拢了拢被子，把王弗整个人紧紧地抱在怀里。苏轼温热的体温源源不断地向王弗涌来，王弗甚至觉得自己在泡温泉，舒服地叹了口气。

"还冷吗？"

"不冷了。"

王弗又往苏轼怀里缩了缩，乖巧得像一只猫，竟然迷迷糊糊睡着了。

　　这让苏轼微微愣了一下，他张了张嘴似乎想要说些什么。毕竟按照王弗的性格，她大概只会把自己推开，一边说着不要把自己身上的病气过到官人身上，一边把身上的被子裹得更紧，就像她往常那样，做一位端庄而贤惠的妻子。自从她十六岁嫁给苏轼以来，她逐渐沉默，恭谨，隐忍，像最忠诚的侍卫，安静地站在苏轼身后，看他读书，看他与朋友谈笑，也提醒他，照顾他，陪伴他走过十余载春秋。从王家小娘子到苏家王氏，很多习惯与气质随着时间的流逝刻进了王弗的骨髓。就像现在这种情况，即使冷得难受，王弗也只会告诉苏轼自己没事，一个人裹紧被子挨过去。

　　苏轼当然知道。

　　只是今天不知道发生了什么，王弗像是突然放下了所有的包袱一样毫无保留地依赖着他。就像是二人刚刚互通心意时，王弗总是莫名其妙地觉得什么难题自己都能解决一样，无论是科举及第，还是父母阻隔。

　　苏轼抱着她，感觉身体里有一股温暖的火焰在心头跳跃。那火焰是温暖的，甚至是滚烫的，就像是共饮合卺酒前自己无意碰到的王弗的手。

　　他年少及第，凭《刑赏忠厚之至论》得欧阳修青眼，名满京城。即使十一年过去，他也才将将三十岁，正是一个男人最好的年纪，刚刚从凤翔调任回京，前途无量。

　　他想，要是王弗能一直像今天这样依赖他就好了。

（三）

京城有一户人家家里连着死了两个人。好像是谁家的娘子得了病没救回来，爹也跟着没了。鬼哭狼嚎了小半个月，始终不见消停。死了爹和娘子的那家人离苏轼他们家不远，每天晚上都能听见男人扯着嗓子哭，把家里的用人号得不胜其烦，整天骂骂咧咧地恨不得指着人家家里的棺材板骂。

"号什么号哭什么哭？自己爹寿终正寝就算了，自己娘子得了病不一早去看，拖到现在死了怪谁？真是晦气！"洒扫庭院的用人不管有没有口德，开口就是一顿乱损。苏轼在书房听见这话，叹了口气，说教了用人几句，又转身回了书房。书是读不下去了，苏轼就一句话不说地站在窗户边上。

王弗端着茶进来，倒了一杯放在书案上，又为自己倒了一杯。她看苏轼站在窗边没有要喝茶的意思，就端起茶杯慢慢喝了起来。带着清甜味道的热流顺着喉管融入身体暖洋洋的，让她舒服了不少，她眯着眼看着白色水蒸气后苏轼的脸，他的五官在雾气里看不大清晰，只是柔和了些许棱角，看上去缥缈而柔软。

"官人在看什么？"怎么也跟家里死了人一样？后面这句话王弗没有问出来。

"我今天路过的时候，那个人还在哭。"

"家中用人都告诉我了，跟我说那人只是一味干号，连句像样的话都说不全，就是一个劲地干哭。虽然说的确可怜，但大可不必如此悲痛。可是吵到官人读书了？"王弗问道。这些年来苏轼在各地做官，大多是百姓的父母官，她一路跟随，不说见惯了生离死别，却也八九不离十。一年一年过去，她越发坚韧勇敢，越来越少落泪。她尚且如此，因此也并不认为苏轼会为此伤怀。

苏轼回头，看了王弗一眼，仿佛猜到她心中所想，笑了一下，道："亲人离世，难免悲伤。但如此痛苦，我想多半是逝者有什么心愿生前未了，这人才如此遗憾，以至于自责。"

王弗看着苏轼笑了，也跟着笑了起来："爹娘去世，如此伤怀尚情有可原；娘子没了，还能续弦，如此哭坏了身体反倒不值得了。至于心愿，多半也是记挂在那人身上的，左不过希望他升官发财，还能有什么？"

"那弗娘可有什么心愿？"

"官人尽说这些晦气话，怕不是盼着弗娘早早没了。"王弗嗔道。又想了一会儿，才答道："弗娘不求官人位高权重，荣华富贵，只求官人这辈子作为君子好好活着。"王弗说完，极轻地摩挲了一下手中的茶杯。茶水在二者说话的时间已经凉透了，连茶杯都渗出一股冷意来，她有点受不了。把茶杯放下，一抬头，便看见苏轼转过身来定定看着她。阳光从窗棂漫过，他逆光而立，王弗看不清他脸上的表情，只听见他追问道："那弗娘自己可有什么心愿？"

王弗一愣，"弗娘自己？"

"弗娘自己。"苏轼重复道。

王弗想了想，露出了有点为难的表情，犹豫片刻，答道："弗娘自己的愿望过于自私了。"

"但说无妨。"

"弗娘希望官人这辈子都忘不了弗娘。"

"好。我记下了，我不会忘了弗娘的。"苏轼认真地说道。

王弗看他这般，便又笑了起来，"左不过是玩笑话，官人怎的还较起了真？弗娘不打扰官人读书了，这就退下了。"语毕，王弗便端着冷掉的茶水离开了。

苏轼站在原地,许久未动。过了很久,他微不可闻地叹了一口气。

"弗娘。"

(四)

这一日下朝回来,苏轼一进门就看见王弗倚在矮榻上浅眠。整个人缩成一团,看上去冷极了。她睡得很浅,几乎是苏轼的脚刚落地她就惊醒了。她醒了,却没有立刻起身,像在凤翔那样为苏轼换下官服,奉上热茶,而是看着苏轼懵懵懂懂地呆了好一会儿,然后才微微歪了下头道:"官人?"

苏轼嗯了一声,朝着她的方向走。

他看见王弗坐在矮榻上对他张开双臂,像是一个小孩一样索取拥抱。"官人快点过来,弗娘好冷啊!"

苏轼没说话,只是微微弯下腰把她抱了个满怀。

(五)

后来王弗生了场大病,整天昏昏沉沉,昏迷的时间比清醒的时间都多。于是苏轼开始满世界地求医问药,甚至不远万里去找那些隐居起来的神医。他把所有能试的方子都试了一遍,只是每当王弗清醒地往他身上缩的时候,他竟然也开始觉得冷了。

好在功夫不负有心人,有个方子终于起了作用。家里的用人说这是老天爷都不忍心再折腾下去。

王弗喝了药之后精神变得一天比一天好,甚至稍微胖了一点。只是她的手还是凉的，冷冰冰的怎么暖都暖不热。

苏轼其实知道为什么，所以当他抱着王弗，脖子却被人从后面拿刀抵着的时候一点都不惊讶。

倒是拿刀的王弗睁大了眼睛。

（六）

"你什么时候知道的？"

"一开始。"苏轼松开抱着她的手臂，面色平静地看着王弗，只是眼神中多多少少流露出些许无奈，"弗娘不会这么依赖我的。"

"这种纰漏，官人可不能怪弗娘了，得怪官人自己。"王弗一副理所应当的样子，继续道，"官人想象中的弗娘就是如此，相信官人、依赖官人，觉得冷会喜欢抱着官人而不是一个人撑着。"

"为什么到现在都不动手？"

"弗娘也想啊！但弗娘动不了手啊！"在这样两相对峙的场面下，王弗笑得堪称愉悦，她摊了摊手，手中锋利的匕首随着她的动作"哐当"一声掉在地上，溅起了一地的尘埃。而她这个本来应该杀掉苏轼的人却像完全注意不到一样，走到妆台前坐下，自顾自地打扮起来。"可是官人就是这么想象，就算是在这个梦魇创作出来的杀人的梦境里官人都不相信'弗娘'会害你。'弗娘'是官人精神创造出来的人，官人自己都不相信，弗娘怎么动手？"

苏轼握紧了拳头，指甲嵌入了肉里渗出了血，可他却只是看着王弗一句话都没有说。

十年前他为了王弗的病满世界寻医问药，可当他再次带着不知道有用没用的医生和药方回来的时候，王弗就已经死了。

他甚至没来得及见她最后一面，没能和她说一句话，他只记得王弗冰冷的手和下人转告给他的王弗的遗愿：她希望苏轼这辈子都能作为一个君子活着；又劝他忘了自己，早日迎娶一位新的、贤惠的、能够辅佐他的夫人。王弗的手是冷的，怎么暖都暖不热。

他知道一切都是假的，从掀开王弗的被子，王弗没有将他推开却缩到他的怀里开始都是假的。他仍然记得九年前的盛夏，满目苍翠，王弗和他的双亲一起安眠于松林之中。他则提笔写道："治平二年五月丁亥，赵郡苏轼之妻王氏卒于京师。六月甲午，殡于京城之西。其明年六月壬午，葬于眉之东北彭山县安镇乡可龙里，先君、先夫人墓之西北八步。"他身侧空无一人，只有随风摇曳的针叶沙沙作响。

他一直活在自己的梦里，王弗所有的反应都来自他对王弗的记忆，以及一些他希望王弗可以有的反应。他想告诉王弗不用时刻那么端庄恭谨小心翼翼，她仍然可以被他庇护，被他心疼，她可以幼稚，也可以自私。她不用在十一年的风雨飘摇之中逐渐坚韧勇敢，不用在弥留之际仍然叮嘱他忘了自己，只要她愿意，她可以一直是那个在唤鱼池边对他粲然一笑的少女，可以理直气壮地告诉他，我的愿望是你一辈子都忘不了我。

梦里的王弗没有那么大方得体，端庄恭谨，却会依赖他想要到他怀里取暖；可事实上王弗更喜欢一个人抱着汤婆子缩在被子里，宁愿瑟瑟发抖也不愿意向苏轼求助。即使苏轼问起，也只会说，没事的，官人，弗娘没事的。

梦里的王弗吃了药病就好了，可现实里的王弗根本就没有等到他回来。

梦里的一切都是他潜意识的表现，他理智上始终记得王弗已经死了，所以才存在梦境里王弗始终暖不热的手和那个哭号的男人。

她拿刀指着他,只是为了戳破这个真相,把苏轼从这个梦里强硬地拉出来。他看着王弗坐在妆台之前,绾发、搽粉、描眉,又点了口脂,做完这一切,王弗回头,看着苏轼。苏轼恍然,仿佛又看见了新婚之夜一袭红衣,端着酒杯含羞带怯地看着自己的王弗。王弗张了张嘴,却说不出一个字;她又好像是想笑一下的,却怎么也笑不出来,簌簌地落下泪来。

苏轼明白,王弗是想跟他说,官人,醒一醒,该回家了。

(七)

苏轼醒来的时候,是深夜。睡前下起的大雪已经停了,夜空放晴,只有月光漫过窗棂,在书案上洒下一片冷白色的光。

苏轼想,他答应过王弗的,要作为一个君子好好活着。他知道王安石得势,也知道皇帝有心变法,但他还是上书指出新法的弊端,哪怕是像曾经关照过他、提携过他的朝中旧友一样离开京城,哪怕是此生郁郁不得志,他也要做一个君子好好活着。我答应过王弗的。

他缩了缩自己的身子,不知道是因为一场梦境耗费了他太多的精力,还是这几年看遍了世间百态,他竟然觉得冷极了。

(八)

十年生死两茫茫,不思量,自难忘。千里孤坟,无处话凄凉。纵使相逢应不识,尘满面,鬓如霜。

夜来幽梦忽还乡,小轩窗,正梳妆。相顾无言,唯有泪千行。料得年年肠断处,明月夜,短松冈。

词与赞文

王庆焕

菩萨蛮
春寒梦到瑶台畔,重门清睡无人管。懒起皱罗衾,春衫何处寻。寻春花著雨,不共愁人语。但说燕来时,曾居最上枝。

菩萨蛮 辛丑己亥辛未偶与南风诸子往观环湖落日无果并记
略添暝色侵烟景,狮山应愧倾羲影。湖驿枉停云,秦乌天上巡。葵心何所向,青榖连寒涨。丹桂逐明盘,游人心上单。

蝶恋花 往滨湖园途中见晓南湖飞絮并寄
正是春深风满絮。只道殷勤,未与飞花旅。无数断红身悴悴,如何不向青泥去。偏恼东君生意绪。柳眼轻迷,相看还无语。新水停云分缕缕,春心方敛谁裁取。

南风诗社辛丑年中秋祭月赞文
时惟辛丑,日值壬申。俊贤适会,坛设北门[①]。晓南清泚,秋夜凉分。白道凌波,并州刀剪罗纹。虞薰未辍,风雅常闻。华缨礼饰,矩矱斯遵。祭月祈福,祝曰以文:

---

① 时于西北门山丘设坛祭月。

三微既着，覆载乾坤。贞明日月，莫不亲敦。周孔是则，坟典厥尊。侍推玄草，文召虎贲。元馨元德，允武允文。芸暧桃李，芳揖兰荪。芜掩前迹，藓余旧痕。枚文虽老，献礼①犹存。绵绵葛藟，芘其本根。紫垣霞倚，烟岭半昏。景含氤氲，墨蔼云屯。浃欢情均，与此诸昆。有光函丈，兼华黉门。复礼从德，不羞庶飧。敬拜素娥，爱育仁昆。湘魂楚畹，发远扬芬。饮地横觞，允钟厥醇。承平是告，兹呈斯文。祀于灵丘，伏惟尚樽。

---

① 献王所存河间礼乐。

赠友人扬州会番外

秦　雨

　　五月初七，兴办于扬州的龙舟宴结束，与会的三教九流从东西南北纷来，又各自往五湖四海归去。叶封琛与了云迟一封浪涛竹玉请柬，言明江南道武夷山有避暑云庄，自扬州南下三日三夜路程，至悦来客栈，有侍客接应，之后就同云婉先行告辞。

　　这回龙舟宴，明教勉强算是散客，陆炅离得了宾客笺，与他那师妹两人看得倒是认真，只是不晓得议论点评，估摸着在心里略有计较；宴毕，陆炅离独身前来，只说师妹对西子湖畔的七秀坊感兴趣，正随着那些剑舞笙歌的奇女子游赴水云坊了。

　　如此，就剩下云迟和陆炅离两人。

　　与谁同游对云迟而言皆是一般，况且先前与陆炅离有约，便随手把请柬递与他观看，云迟接着就领着人去郊外马行，准备当日前往那座避暑云庄；走到半途，陆炅离忽然说他不会骑马，谁知道下一刻就被云迟慧眼揭穿，还挨质问是不是想着双人同骑，妄图谋害她的宝贝里飞沙。

　　"我没有一匹马重要吗？"陆炅离诚恳发问。

　　云迟闻言，缓缓点头。

　　"……"陆炅离敢怒不敢言。

　　于是走官道，且行且观沿途风景。陆炅离闲来无事，索性就与云迟谈天说地，两人相识了五六年，倒还是第一次放下嫌隙结伴同游，颇有种化敌为友的新奇感。

他们此行要去的避暑云庄，说来还算与云迟有些渊源，那座云庄修建于武夷山山麓，原是修道之人开辟崖角洞府的地方；先人登顶真元峰，吐纳天地灵气，为了行路方便，于是存有一道崎岖山路；而后武夷宫将土地租赁与江南商贩，投财千斛，筑有万仞亭、九溪亭、观浪亭等，皆是赏景佳处。

据说自亭中望去，山间草木葱郁，流水潺潺犹如白练自峰峦间披挂，一曲半途隐却，一曲忽而浮现；偶有云气浮游，似飞鸟稍有栖止，又做离别；夏有野芳点缀青陂，秋有红霜垂落枫林，仰望凌云开阔，纵览千山万水，景致清雅，令人如饮甘露醴浆。

当然，想要临于高处俯瞰，先要登山。

陆昃离与云迟到了山脚镇治，就见着周边许多摊店皆有墨牌告示，大致言说自家有劳工、担架，一次付五十钱，即可帮抬行李登山；云迟与陆昃离俱是武人，自然无须帮手，眼见请柬亦是书明了"悦来"两字，就往客栈走去；途中所遇行客寥寥无几，许是此地被划为武夷宫从属，故而进山打猎、采药的农户都已另谋生路。

人迹罕至，那悦来客栈的装潢倒是精细，在门外洒扫的伙计见着他们前来，赶忙上前迎接问候；此时刚到了夏收的农忙季节，能优哉游哉地过问借宿的皆是闲人，这世上闲人虽是不少，但唯二字是闲人惯用——富、贵。

进屋，云迟取了请柬与那前台掌柜。掌柜捻了捻颔下胡须，随即唤来跑堂的伙计，让他去请云庄的引人。等了片刻，客栈外面来了一人，在确认云迟是那浪涛竹玉请柬的持主之后，三人即刻出发，沿着修筑在客栈后的石阶山道直通云庄正门。

山道崎岖，周遭树丛枝繁叶茂，隐隐能瞥见潜藏在木叶荫翳处的鸟巢。云迟与陆炅离随着那引人左拐右转，由是梅雨季节，山雨淅沥频繁，湿润的土壤里滋生出了品类众多的蘑菇，陆炅离见惯了沙漠里的风丘土石，此刻倒是颇有兴致地观察着道路两侧的野菌鸣虫。

云迟见陆炅离起了兴，就挑着那些或色泽艳丽、或形状怪诞的菌类随意介绍，那引人也偶尔插话，山林间虫嘶鸟啼，这漫漫爬山路终是有了些添头；陆炅离偏头听了一路，只是不知道在心里转想些什么，到了正门，他才问说——

"能吃吗？"

云迟"扑哧"一笑，却是那引人先答："过一会儿，两位贵客就可以前去采摘蔬果。"

陆炅离眨眨眼，似是没听懂其中话语。直到走过那挂着"避暑云庄"牌匾的正门，才远远望见山坡底下那三栋竹屋，竹屋后垦有十数亩良田，田地里栽种着许多常见蔬菜果瓜，应着夏收时节，已然成熟了大半；不远处尚有几座搭着棚顶的屋舍，棚顶上落叶堆积，不像是常用，听引人介绍说，那是冬日的储库。

此刻正是午时日中，云迟和陆炅离先至竹屋内，跟那云庄掌柜定下了午馔晚馔席位，而后挎着农家惯用的编织竹篮，准备去山林里狩猎美味佳肴；据引人所说，先前云庄确乎是没有任由宾客下田采撷的习惯，只是世俗风气颇重农事，对养尊处优的贵客而言，能略过栽种护养的辛苦，随意体验一会儿山野生活，倒也算是一种别样的风雅。

撇过山坡底下的梯形农田，陆炅离拉着云迟，非要扑到大山深处去；因担心身上衣物沾染了污垢没法换洗，云迟好说歹说，才制止了这人踩进潮湿泥泞的山地里。陆炅离想要摘蘑菇，云迟就站在石阶上替他提着篮子，接着见他施展轻功，似飞燕般踏着指寸竹木，三两下便来到那菌群头顶，手一捞，再借力折返。

约是一刻钟的时间，陆炅离就摘了半篮子，云迟低头看了片刻，挑挑拣拣地把吃不得的蘑菇拨到旁边。

摘厌倦了绢丝伞盖似的艳丽蘑菇，陆炅离就去摘枯木枝干上生着的朵朵木耳，撷了树上的不够，还要去捡树底下的地木耳，没一会儿，又捞满了另半边篮子；闲逛中途，云迟瞥见一丛竹林，刚想支使着陆炅离去翻弄枯叶堆里的竹荪，转头就见着这人提溜着一只叽喳乱叫的禽鸟，仔细观察体形、羽毛，才发现这竟然是只跑地山鸡。

"哪来的？"云迟问，打量了陆炅离一通。

"不知道，长得很漂亮，一下就看见了。"陆炅离解释道。他在石阶上站定，见手里的山鸡扑腾着脚爪死命挣扎，一松手，把它直接放到地里去了；那山鸡甫一落地，赶紧迈开两条细腿往山林深处狂奔，顷刻间，就没影了。

陆炅离看着看着，不知怎么就冒出了句："像你。"也不知道是夸赞云迟容貌风华，还是在揶揄人家。

云迟无语，一时也分辨不出这人是有意还是无意，稍歇了片刻，才回嘴道："跑得那么快，还穿得花枝招展的……像我什么，像你！"

陆炅离拍拍手没回话，虽然自己也捋不清这一来一往间的因果逻辑，但他倒是知道云迟面色不善，是生了气，于是本着不惹事端的原则转移了话题，生硬道："我摘好了，回去吃午饭吧。"

"自个提着。"云迟把沉甸甸的篮子塞回去，接着转头就往原路折返，懒得同这人生气。

等回到避暑云庄，竹屋里的拖渠已然堆满了枯枝柴火，其上搭着一口形似"日"字的圆形铁锅，锅中滚水沸热，旁边的案台琳琅摆放着各式生食：从河里新鲜捞来的虾球都去了皮壳，切成半透明薄片的猪肉、兔肉望着就滑腻可人，除白玉盘盏里托着的食材之外，碗里盛着猪血、牛杂碎等南方产物，还有两条炖在锅里吊汤的鲫鱼。

云迟让陆昃离找个地方把篮子放下，正端详着桌案上的豆腐、茭白、莴苣等等素食，门外有人轻声叩了三响，接着就走来个穿着素雅的侍女，端着碗筷锅勺，先替他们摆好了吃食用具，又端来小碗的蒜泥、辣子、豆豉、酒醋等等佐料，而后提起桌底下的篮子，施礼告辞。

锅里滚水徐徐冒出热气，陆昃离倒是第一回见识如此别致的用餐方式，他抓着那两根形貌颇长的筷子，好奇地问云迟道："是要把东西放到锅里面，然后用水煮开吗？"

"水已经开了，放进去烫一会儿就可以吃了。"说话间，云迟已经动起了手，她捡了碟子里的虾球放进锅里，慢悠悠地托着那晶莹剔透的虾弯在汤锅里晃荡，紧接着在心里数够九下，捞起来，蘸了边上的辣子油便放入碗中。

陆昃离倒是想有样学样，只是他用不习惯筷子，只晓得双手各执一根，颇为笨拙地把肉片放进锅里，出锅的时候捞了四五下，把肉片都磨成肉泥了。

云迟看着好笑，捏着手里长筷去打他筷头，在陆昃离疑惑不解的眼神里道："我来，你把碗端过来，然后给我拿点素菜铺在锅里。"

点点头，陆昃离应下，他托着盛着青菜的盘盏，看着云迟颇为熟练地将涮生食，那雪腻里掺着红丝的肉条随着条箸滑入锅中，很快就在冒着滚泡的清汤里变得紧实而富有弹性，云迟抬起手腕，拖着那肉条犹如浪花般翻腾扑转，没一会儿，就给陆炅离陆陆续续叠了半碗。

"你倒是把东西倒进去啊。"云迟见陆炅离看得专注，赶紧把人从迷惘里点醒。陆炅离"嗯嗯"应了，握着筷子，小心翼翼地把菜拨到云迟那半边锅里，接着盘子也不放，就定定地看着云迟在对面涮菜。

给陆炅离这般专心致志、正大光明地注视着，是个人都会觉得自己周遭的空气有些焦灼，云迟索性一边忙活手里的事，一边调侃道："你来中原都五六年了，不会一次都没吃过吧？"

陆炅离摇摇头，目光挪去云迟手边的海碗，道："用筷子，还长，不习惯。"

"熟能生巧，今日练七八回不就得了？"云迟瞥见陆炅离的动作，就顺势把装了满盈的海碗递还，接着抬眉笑道，"来，把筷子拿好，吃完还有。"哄小孩似的。

对于美食的向往终究是令人鼓起勇气面对那双难以对付的筷子。

虽然不愿意承认，但拿着条箸成功地吃到了第一口肉片时，陆炅离心里还是油然生起了某种不可言喻的愉悦感——当然，在望见云迟用一种"吾儿初有成长"的神情打量他以后，这种微妙的愉快瞬间消失得无影无踪。

"做什么，还不给笑了是吧？"云迟心觉有趣，陆炅离甚少在自己面前吃瘪，甫一遇见，就跟见着坐忘峰顶万年积雪融化、混沌夤夜瞥见日照高悬那般，颇有一番不可思议的感觉，却也觉得其中的落差有些可爱。

"没有。"陆炅离竟幽幽地看了她一眼，接着默默垂首，选择了埋头苦吃。

新鲜滚熟的虾肉晶莹饱满，瞧着有如珠玑颗粒般圆润光滑，陆艮离拿条箸夹稳虾球，动作飞快地往嘴里塞。没有蘸佐料，这虾就像白米饭那般须得咀嚼生味，河鲜淡淡的水腥味从质感筋道的白肉里剥离出来，虽只是一小块虾肉，亦给了从未品尝过水产的陆艮离极大的满足。

他开始试着去点边上的佐料，寻常的醋、蒜、辣椒等都随着顺序尝三四回，遇着混杂各色口味的料酒，也勉为其难地尝试了一下。海碗里的肉片很快见底，陆艮离举着条箸，意犹未尽，他舔了舔嘴唇，仿佛还在回味那些饺子皮般、裹着各色咸甜酸辣味的水煮肉，兔肉细腻清甜，鸡肉滑嫩爽口，猪肉肥美咸宜——

简简单单一口锅竟然能给人吃出别样风趣来，倒是神奇。

"好吃？"云迟随口问。她吃得慢，一边信手在海碗、酱碗间来回挪转，一边观望着锅里的豆腐茭白，省得煮生煮老。

陆艮离点点头，努力形容道："有点像，包饺子，馅是虹桥那样，很多颜色，很多样子。"

听着这颇为奇特的表述，云迟一笑，提着条箸敲了敲锅沿，道："还想吃吗？"

陆艮离再次点头。

"自己烫，你瞅那边碟子里不还多着吗？"云迟丝毫没有帮忙的意思，临阵指挥道，"先下一片肉，拿筷子在锅里挂着。接着默数五息，或是见其中血丝褪干净，再取回筷子……熟练以后还可以像我方才那般，下一碟子，再依次捞回来。"

"菜。"摇摇头，陆艮离指了指她那半边锅说。原是先前把成碟成碟的茭白、莴苣、豆苗一股脑倒进了云迟面前，现下那些白的青的都在锅里煮得纤弱细瘦，陆艮离以为一时半会儿她吃不完，准备分担一些。

"碗。"却是不知道陆艮离良苦用心，云迟端着海碗，一边夹菜，一边不自觉地絮絮叨叨了起来，"哎，你说你，虽说自古以来请客的人是主家，应当给客家事无巨细地安排妥当。可是我请你吃饭，不光要打点前后行程，还得给你探路提篮、下锅上菜，瞧瞧我芳龄华茂，竟然跟隔壁府邸里的老妈子一般操心……"

愈说愈多，竟是像顺口溜那般倒悬银河。

陆昃离眨眨眼，似是觉得对不住，双唇微启，将要有所言语。

"你说什么？"明明细微都没有听见，云迟赶紧嘴上一顿，就想要这人更正式地把话说明白。

"以后，我请你，"陆昃离拿她没办法，只能提着声音，一字一顿地说，"回大漠。"

赠友人扬州会之乐宴

秦 雨

　　思绪稍顿，便闻见楼下一阵声响。

　　云迟偏头望过去，却见是右侧的瑶台境界开了张，对敞的门扉里鱼贯般涌出两队净衣使女，她们皆手持演奏器乐，分道向天枢与天璇两侧廊桥行去；再往后是提着矮凳、席毯与长柄悬灯的素冠婢女，她们亦是分头前行，先将悬灯依次挂上廊桥顶空，再将长席铺下，矮凳摆好；最后回转瑶台境界，与乐师一同搬来类似琴、瑟、箜篌等中型器乐。

　　如此一番摆弄，这玄水观里顷刻间灯盏联结、熠熠辉煌，原先端庄肃静的氛围骤然如冰将释。虽然无人胆敢喧哗出声，但是偶有琴瑟于拨弦调适时发出的泠泠响动，也似春风拂露动华容，让人期待着歌姬舞女自那瑶台境界里乘船而出。

　　亥时二刻，只听瑶台里一阵筝声飘动，水下篷船将出未出，旋即箜篌声起好似泉涌岩隙、轻漱苔草；洞箫泛舟恍若熏风拂弄川上涟漪；三声齐弄，意蕴舒缓，颇具吴地歌谣含蓄缠绵的风流韵色，其余众人齐唱：

　　高阁对丽宇，倾城映凝娇。壁月夜夜满，琼树朝朝新。

　　接着那瑶台境界的堂下水渠就驶出一船，船首正站着一个婢女持竹篙撑船，船尾摆一加固木案，置十二弦清乐筝，而后才是那绾着青螺半峰高髻、身穿鹅黄圆领宽袖长衫的游姬；她左手按弦，右手似空蒙细雨点水在弦上流转，筝声恍若凤首，杳杳领着一众丝竹管弦的音韵飞向远空；这玄水观也恍如一座回音传响的空旷幽谷，且让那凤凰蹁跹起舞，自池中昂首展翅，而后落至陵上枝头。

"南陈后主，《玉树后庭花》。"叶封琛轻轻一瞥池下游姬，道，"这首曲子的乐谱珍藏于都城教坊司内部，原以为已然弃用，没想到还有人以此谱了新曲。"

待那扁舟在疏影池里逆时针晃悠了一圈，游姬三指轻压弦丝，筝声便于溪泉投海以后渐渐消逝在夜幕远端，而后箜篌惊凤飘月，洞箫黯然垂眸，众人齐唱送声"玉照结绮，花开久不复"，首曲即告演奏结束。虽有零散鼓掌与喝彩声，但皆因相距甚远，而听不真切了。

篷船载着那鹅黄衣裳的游姬到了廊桥岸边，很快就有侍女扶着她下了船去，接着又自船上搬来高凳、木案和十二弦筝摆放妥当；那游姬向着宾客观赏的方位略行一礼，随即款款落座，似是要立刻投入下一段演奏中去。

少顷，那瑶台境界里又驶出一船。

船前一桃红半臂窄袖婢女撑船，船尾一前一后坐着两位盛装打扮的游姬，她们皆头戴金步摇，身披明红大袖纱罗衫，手里拿着半弧形排箫；箫管外套木制硬壳，以彩漆喷绘赤金凤凰鸟尾羽，坐在前面的游姬持凰箫，高亢而歌，坐在后面的游姬持凤箫，婉转随啼，两段声韵层叠交错，一潮推着一潮好似崖畔云海翻涌。

以排箫为主导的乐曲倒是很少闻见，况且是双声重叠合唱，颇有古韵。待那云海奔流稍滞，廊下众人随即合唱：

春砌落芳梅，飘零吹凤台。拂妆疑粉散，逐溜似萍开。

而后笙、瑟伴奏，又成一曲。

吹奏排箫的游姬落座以后，瑶台境界里依次行出两艘扁舟，一姬持花梨木直项琵琶，一姬持螺钿檀木中阮咸，皆以拨片弹弦，分别演奏两曲，之后再无船只从那里驶出。

"诶，这就结束了吗？"云婉光顾着在旁边吃了半盘果，乍一闻池中声韵停遏，连忙向左右发问。

叶封琛解释道："本朝大曲分散序、中序、曲破三段，《玉树后庭花》虽然是前朝宫廷的清商大曲，亦由弦、歌弦、契三部分组成。现在只是散序结束的中场休憩，后面的中序，指不定能看到舞伎出场。"

说罢，楼下就传来一阵似急雨落池的琵琶声。云迟低头望过去，却未曾看见载客扁舟自瑶台境界里驶出，等到长笛、锦瑟相和伴奏，才有一姬手持白玉竹节飘盖伞，身穿广袖纱罗衫，臂挽银绘彩缎花卉披帛飘飘；她步履轻缓，举止端庄，虽有头顶风云席卷搅弄天泪滚落春江，仍一伞独立悠然自得，赤足踩落水面，竟似仙人般凭虚御风，从池上踏水而来，直直向那逐仙玉台行去。

"池下打了暗桩。"虽然离得远些，但以云迟眼力，哪还望不见水里悄然升起的七竖梅花桩；只是见那舞姬衣袂昂扬，风韵非凡，就赞说："虽说如此，想来也是下了苦功。"

谈话的间隙，那舞姬已踏水行至池中心的逐仙玉台，她将手里锦盖伞放至脚下，长袖一挥，随着急促的琵琶声翩然起舞；跳至意兴勃然时，那舞姬忽地俯身取伞，她一边手提起裙摆，沿着玉台快走几圈；一边手高举着伞柄竹节，让伞面附着的锦缎似流云逐月般缥缈、悠扬。

自天璇楼顶向下俯瞰，只见得那伞顶洒落着星点银屑，月光照耀时琉璃缎面闪烁着群青黛色，遥遥望去犹如撑了一顶夜幕星河；再加之舞姬身穿画罗纱曼衫，莲步飘忽、光影变幻之间,时而瞥见明月垂悬井中回影,时而瞥见巫峡绝巘神女驻梦,真是美不胜收。

"乐、器、工、衣缺一不可。似这般百里挑一的舞姬,玄水观恐怕尚有十数,若是生在教坊,恐怕就是王公家里的伴舞艺伎,不谈吃穿行住,一人先予以数十金馈赠,再赏珍珠半斛。"叶封琛如是评价道,"如此来算,一人就值得千百两银钱。"

说罢,再看。待那撑伞的舞姬下了台去,往后登台的三两位皆是凡响,虽然那身段相貌挑不出错处,到底舞技平平,没有新意,连那服饰、道具乃至妆容,都没得前人用心。

待了片刻,等来一阵羯鼓声响。

低头望过去,发现瑶台境界里分头驶出两叶扁舟,船上婢女皆身穿浅色对襟窄袖胡服,一人以木桨划船,一人高举宝塔状彩绸锦幡,池风昂扬,那水色绸缎顷刻随风驰骋、流光溢彩;随着锦幡飘飞,伴奏的鼓声愈奏愈烈,好似战马结群践踏大地,声破长空,当中有琵琶铮铮起势,拍板、觱篥、腰鼓等奔腾而奏;乐声节拍鲜明而欢快明亮,与之前那轻描淡彩的吴楚细声大相径庭。

"这是春江花月夜?"云婉惊讶地问,由是这段乐曲极富有节奏感,甫一出场,就给人以深刻印象;典型的异域舞曲不似江南小调缠绵悱恻,即便南陈后主编撰乐谱时使用了雅俗杂陈的"新声",也不该有这般刚劲、激烈。

云迟不语,只等着那舞姬出场;叶封琛思索了片刻,亦是无果,接着才猜度道:"许是新曲。"但也隐隐察觉了事态变化。

却见那瑶台境界里站出一姬,她头戴金钿白绒羽冠,额餍点红,身着大红窄袖胡服,双手手腕皆戴金钏,又挽长段虹彩霞帔;英眉秀目顾盼之间,两股长辫垂于身前,神态举止里净是大漠沙尘、驼铃转响的异域风情;鼓声频动,繁音急节,那舞姬却于原地站定,只缓缓高抬一手,美目流转四方。

"好戏开场了。"云迟笑说,在看到这名女子的瞬间,她就知道乱局已生。

须知江湖侠客来自九州各地乃至外域番邦,所学所擅皆有不同,但是凡是一家门派出身的弟子,基础武学路数总有相似之处;譬如眼下那名舞姬,单是从馆屋走向池畔码头的短短几步,云迟就能自行走步态中判断出她乃是武者。

加之与陆炅离抬杠对峙许久,云迟对于明教那般形渐神隐的轻功深有体悟,几乎是舞姬一落步,她就认出了这是明教中人。

云婉和叶封琛虽然从未与明教弟子打过照面,但也从这不同寻常的氛围里捕捉到了丝缕线索,听云迟如是一说,叶封琛随即传音直问:"这莫非是刺客?"

云迟颔首,回道:"明教弟子,至少两人。"

闻言,叶封琛眉头紧锁,似是在思索为何远在西域沙漠的明教弟子会前往淮南扬州。

思忖未罢,舞姬已踏水而出。若说先前执伞那位舞姬是娉婷玉立而凌波微步,眼下这位就是英姿飒爽而扬波惊鸿——自天璇楼顶俯瞰,那人身影犹如牡丹盛放,脚底水纹四散旋开似垂帘绳断、珠玑飞溅,她于竖桩立锥之地轻盈纵跃,片刻后,就登临了逐仙玉台。

鼓声稍歇,琵琶则似锦鲤游池略撇浮沫,音律节奏由急转缓,舞姬的姿仪亦显松弛懈怠;她左手拈花若笑,右手拂开轻尘,胸膛挺拔,腰肢发力,一足点地,又一足缓缓向后勾起,望着好似张弓的弦,饱满而有韧性。

鼓声稍起,琵琶似夏风吹荷叶,摇落池露玎玲作响。那舞姬徐徐垂下勾勒半月弦的玉足,身形逐渐舒展,双手轻抛搭在肩臂上的彩绸长巾，脚下踱步自转，当空划出一道虹弧来；三圈悠悠转完，她手挽长缎对着望仙水榭的方位嫣然而笑，真应了题写在天枢楼梁柱的那句"把酒当月台，有仙忽来望"。

鼓声忽而躁动，琵琶亦是陡然急曲，韵律飘摇旋转，舒缓张弛，似高崖悬泉纵跃而失，又似鹰隼袭云直冲横撞，那舞姬亦双手高举，踩着音韵急速旋舞；她身段轻盈，仿佛迎风荡漾飘行的无根蓬草，稍加施力就能自如飞转；又仿佛根蒂稳固的银杏白杨，虽是风戾雨催左摇右晃，双足仍旧稳踏那方逐仙玉台，不至于跌落水去。

繁复的衣裙随着急速旋转而胜似层叠瓣海，即使未至天璇楼顶的高度，平视而观之，亦能感受到其中风旋电掣、回雪流风；如此急促的胡旋舞甫一呈现，就直教人盯紧了那女子的身姿，想要看清楚她的神貌动作，只那面容随转，一会儿是在前，一会儿是在后，隔雾看花似的朦胧遮蔽，兼而雨打月影似的晖光荡漾。

意兴正浓，谁知还未看够那舞姬的胡旋逸动，天枢楼顶忽地传来一声巨响，犹如天光乍破，惊雷急雨，众人下意识抬首望去，俱是一惊，那外户的两具雕花窗棂顷刻被巨力震碎，里面猛然冲出一竖黑影；夜色太暗，楼顶未有明亮的挂灯，那黑影又在空中扑腾挣扎，看得人是眼花缭乱。

等心跳稍平，眼睛得以重新落到那扇被打烂的窗牖上，那黑影已然坠入池底，溅起周围好大水花；低头还想看台中舞姬是否安然无恙，却发现，人已经没影了。